KB115267

손병희

- 동학의 정신으로 독립선언서 발표에 앞장서다

서연비람은 조선 시대 왕궁 내, 강론의 자리였던 서연(書筵)에서 강관(講官)이 왕세자에게 가르치던 경전의 요지를 수집하여 기록한 책(비람備覽)을 말합니다. 서연비람 출판사는 민주주의 국가의 주인인 시민들 역시 지속 가능한 과거와 현재, 미래의 이치를 깨우치고 체현해야 한다는 믿음으로 엄선한 도서를 발간합니다.

역사와 문학 비람북스 인물시리즈

손병희 - 동학의 정신으로 독립선언서 발표에 앞장서다

초판 1쇄 2024년 4월 25일
지은이 송재찬
편집주간 김종성
편집장 이상기
펴낸이 윤진성
펴낸곳 서연비람
등록 2016년 6월 29일 제 2016-000147호
주소 서울시 강남구 언주로30길 57, 제E동 제10층 제1011호
전자주소 birambooks@daum.net

ⓒ 송재찬 2024, Printed in Korea.

ISBN 979-11-89171-74-2
ISBN 979-11-89171-26-1 (세트)

값 10,800원

역사와 문학

비람북스 인물시리즈

손병희

동학의 정신으로 독립선언서 발표에 앞장서다

송재찬 지음

서연비람

차례

머리말

3·1 운동의 성지, 탑골 공원에는 손병희 동상이 세워져 있다. 동상에 기록되어 있는 것을 옮기면 동학·천도교 지도자, 교육가, 독립운동가로 요약하여 정리하고 있다.

1893년 3월 중순, 동학교인 2만여 명은 충북 보은에 집결하여 '보국안민'과 '척왜척양(斥倭斥洋)'을 내세우며 동학의 색깔을 분명히 내세운 집회를 열었다. 이 집회에서 손병희는 '충의대접주(忠義大接主)'가 되어 동학 지도자로 떠오른다.

손병희는 1905년 12월 1일 자로 동학을 천도교로 이름을 바꾸며 새출발한다. 일본이 눈엣가시처럼 여기는 동학이지만 종교 단체를 표방한 천도교를 어떻게 하지 못했다.

손병희가 출판과 함께 관심을 기울인 분야는 교육이었다. 손병희는 나라를 지킬 힘은 교육에서 나온다고 믿었다.

1905년 최초의 고등교육기관인 보성전문학교(현 고려대학교)를 창설하여 운영하던 이용익이 1907년 러시아 상트페테르부르크에서 갑자기 세상을 떠났다. 1910년 손병희는 경영난에 봉착한 보성전문학교를 인수하여 경영했다.

1919년 1월 손병희는 권동진·오세창·최린을 만나며 본격적인 독립운동을 논의하기 시작한다. 종교지도들과 학생과의 연대가 물밑 작업을 통해 이루어진다.

　　3·1운동이 이루어진 과정에서 천도교의 공로, 특히 손병희의 영도적인 지도력을 빼놓을 수 없다. 그는 독립선언서의 민족 대표들인 종교인들을 이끌고 자금을 지원하는 등 큰 역할을 했다.

　　민중과 나라를 위해 일생을 바친 손병희가 남긴 정신은 우리의 마음속에 지금도 살아 숨 쉬고 있다.

2024년 3월 7일

송재찬

1. 아버지를 아버지라 부르지 못하는 아이

서당 공부를 끝낸 응구(應九)는 집 마당으로 터덜터덜 들어가 툇마루에 털썩 주저앉았다. 무슨 일인지 원망과 서러움이 가득한 얼굴을 떨어뜨리고 발로 댓돌을 툭툭 치기도 하고 주먹으로 툇마루를 사납게 내려치기도 했다. 그러더니 입술을 깨물며 아버지가 계신 안방 쪽을 매서운 눈으로 노려보았다. 비수가 쏟아질 것 같은 눈이었다.

"응구야!"

방에서 아버지가 불렀다. 응구는 대답하지 않았다. 아버지는 응구가 마당에 들어설 때 이미 아들의 기척을 다 듣고 있었다.

"응구야."

아버지의 소리는 여전히 나직했다. 응구는 대답하지 않았다. 더 무서운 눈으로 아버지가 계신 방을 노려본다.

"응구야!"

아버지 소리에 힘이 실렸다. 그래도 응구는 대답하지 않았다. 더는 참을 수 없다는 듯이 방문이 거칠게 열렸다.

"어찌 아버지가 부르는 데 대답을 하지 않는 거냐? 서당에서 무슨 일이 있었던 게냐?"

노기를 띠던 아버지가 아들의 얼굴에서 이상한 낌새를 읽어 내고 애써 마음을 누그러뜨렸다. 응구는 여전히 입을 꾹 다물고 있었다.

"아니 이놈이 어찌 아버지가 묻는데 대답을 안 하는 거냐? 도대체 어디서 배운 버르장머리야?"

"누가 제 아버지인데요? 어디 제 아버지가 있는데요?"

응구의 입에서 뜻밖의 말이 터져 나왔다. 그것은 아버지를 늘 불안하게 했던 아들의 속내였다. 아버지는 아들이 성정으로 봐서 언젠가는 이 말이 터져 나오지 않을까, 불안해하던 참이었다. 그렇다고 아들의 뜻을 다 받아 줄 수는 없었다. 아들의 마음을 이미 알고 있으면서도 짐짓 모른 척했고 아무리 원망해도 받아 줄 수 없는 게 조선의 법도였다. 정실[1]의 몸에서 태어난 자식만이 아버지를 아버지라 부를 수 있었다. 응구에겐 큰어머니가 낳은 형이 있었지만 형도 형이라 부르지 못했다. 그게 법이었다. 응구는 그런 법을

---

1 정실: 첩에 대하여 본래의 아내를 이르는 말로 첫 번째 정식 부인

받아들일 수 없었다. 오늘 서당 공부를 끝내고 돌아오는 데 친구들이 뒤에서 수군대는 소리를 응구는 다 듣고 말았다.

"재는 첩의 자식이어서 아무리 공부를 잘한다 해도 관직에 나갈 수 없대."

"응구 어머니는 첩이 아니라던데 큰어머니가 돌아가신 다음에 응구 어머니가 들어왔으니까, 첩이 아니지."

"그래 그런 사람은 첩이 아니고 재가녀지."

"첩이나 재가녀나 다 똑같지 뭐. 재는 아버지도 아버지라 부르면 안 돼."

아버지도 아버지라 부르면 안 된다고 힘주어 말하는 아이는 응구의 친척 되는 아이였다. 친척들에게도 응구는 차별 대우를 받고 있었다. 마을 사람들도 마찬가지였다. 응구도 모르는바 아니지만 그동안 참았던 화가 터지려 했다.

못 들은 척 잰걸음으로 집으로 향했지만 집이 가까워지자 힘이 다 빠져나갔고 대신 마음 가득 아버지에 대한 원망이 차올랐다.

아버지가 말문이 막혀 대답을 못 하는데 응구가 다시 입을 열었다.

"여기에 어디 제 아버지가 있습니까? 아버지를 아버지라 부르지 못하는 데 무슨 아버지입니까?"

"저, 저, 놈이!"

예상했으면서도 삿대질하는 아버지의 손이 바르르 떨렸다.

"그게 나라의 법인 걸 어쩌란 말이냐?"

"법이라고요? 그럼 저도 그 법을 지켜 아버지라 부르지 않겠습니다."

"아니 저놈이 아버지에게 하는 말본새 봐라."

"누가 제 아버지란 말입니까? 아버지라 할 수도 없는데 무슨 아버지입니까?"

어머니가 달려와

"응구야, 어서 잘못했다고 빌어."

하고 응구를 달랬지만 응구는 끝내 잘못했다고 하지 않았고 화난 아버지의 회초리를 묵묵히 받아내었다. 피가 맺히고 온몸이 터질 것 같은 아픔이 왔지만 끝까지 잘못했다 하지 않았다.

그날 이후 응구는 한집에 살면서도 아버지를 아버지라 부르지 않았다. 이 일은 아들 응구에게도 아픔이었지만 아버지에게도 씻지 못한 한으로 남았다.

아버지는 목숨이 다해 세상을 떠나는 날 비로소 아들과의 불화를 후회하며 아들의 손을 잡았다. 온 가족 앞에서 아들에게 용서를 구한 것이다.

"아들아, 미안하다. 이 못난 아비를 용서해다오. 나는 그 일을 지금까지 한시도 잊지 않았다. 너를 볼 때마다, 네가 엇나가고 반항하며 왈패들과 어울릴 때 나는 속으로 울었다. 아들아, 아버지라고 불러 다오. 나는 너에게 아버지라는 소리를 듣고 싶었단다. 아들아, 아버지라고 불러 다오."

"아버지, 아버지!"

회초리의 아픔을 벗어버리고 아들은 아버지 가슴에 쓰러지며 울음을 터뜨렸다.

세상을 떠나게 돼서야 아버지를 아버지라 부른 이 사람은 천도교(동학) 지도자이자 독립운동가로 1919년 3·1 운동을 주도했던 손병희이다.

의암(義菴) 손병희는 1861년 4월 8일 충청북도 청원군 북이면 대주리2에서 태어났다. 아버지 손두흥은 청주 관아의 아전3이었고 어머니 최 씨는 둘째 부인이었다. 적자4와

---

2 대주리: 현 청주시 청원구 북이면 금암리.
3 아전: 하급 관리.
4 적자(嫡子): 정실의 몸에서 태어난 아들.

서자5을 엄격히 구별하여 차별하던 시대에 태어난 손병희는 본처의 자식이 아니라는 이유로 온갖 수모를 당하며 살아야 했다.

어릴 때 첫 이름은 응구6이며, 큰어머니 소생의 형 병권과 최씨 부인이 낳은 동생 병흠 3형제이다. 최씨 부인은 태몽으로 해를 끌어안는 꿈을 꾸었다고 전해진다.

의암의 어머니 최씨 부인은 어느 날 저녁 동네 부인들과 같이 마을 뒤에 자리 잡은 망월산으로 달마중하러 갔다.

"곧 달이 나타날 거예요."

부인들은 모두 동쪽 하늘을 보았다. 동쪽 하늘이 조금씩 밝아지는 듯했다.

"어머!"

"아니! 저건!"

부인들 눈에 들어온 건 서늘한 기운의 달이 아니었다.

"해잖아요. 그렇지요?"

"그래요, 저건 달이 아니라 해가 분명해요."

---

5 서자(庶子): 본부인이 아닌 첩이나 다른 여자에게서 난 아들.
6 응구(應九): 후에 규동으로도 불림.

부인들은 두려움을 느꼈다. 달마중을 나왔는데 해라니. 이게 무슨 변괴람. 밤에 해가 뜨다니… 이런 생각을 하며 어찌할 바를 모르는데 누가 힘찬 소리로 외쳤다.

"해다! 해가 떴습니다!"

최씨 부인은 반가운 손님을 맞듯이 외치며 두 손을 크게 벌리며 앞으로 나갔다.

동네 부인들은 두려운 얼굴로 주춤주춤 물러나는 데 최씨 부인은 오히려 달려 나가 치마폭을 펼쳤다.

'저것 봐요. 해가 점점 망월산 아래로 내려오고 있어요.'

'저렇게 붉은 해는 처음 봅니다.'

동네 부인들이 눈으로만 말할 때 해는 최씨 부인의 품 안으로 내려왔다. 최씨 부인은 아기라도 끌어안은 것처럼 해를 치마폭으로 감싸서 안고 돌아서서 내려왔다. 치마폭 속에서도 해는 빛났다. 최씨 부인까지 해처럼 빛났다. 너무 자랑스럽고 당당한 얼굴이었다. 주춤주춤 물러났던 동네 부인들의 얼굴도 환해졌다. 최씨 부인의 당당함이 어느새 동네 부인들의 두려움까지 걷어가 버린 듯했다. 부인들은 최씨 부인을 향해 박수를 보냈다.

이런 꿈을 꾸고 나서 최씨 부인은 의암 손병희를 낳았다.

그러나 서자 출신. 의암은 친척들만이 아니라 이웃에 사는 마을 사람들에게까지 차별받는 생활을 해야 했다.

사람들의 차별 속에서도 응구는 독특한 소년으로 자랐다. 그는 다른 아이들보다 컸고 강렬하고 형형한 눈빛을 가지고 있었다. 차별 대우 속에서 그의 눈빛은 더욱 깊고 날카롭고 빛나고 있었다.

그는 공부해도 출세에 조금도 도움이 되지 않는다는 것을 일찍 깨달았고 늙어 죽을 때까지 그 신분에서 벗어날 수 없다는 것을 다른 서자들의 삶을 보며 뼈저리게 느껴야 했다.

그의 타고난 호방함과 호탕한 성격은 철이 들며 삐뚤게 노출되었고 나이를 먹으며 동네의 골칫거리가 되고 말았다. 그렇게라도 울분을 터트릴 수밖에 없었다. 자신의 아픔과 슬픔을 그는 일부러 숨기지 않고 노골적으로 드러냈던 것이다. 그러나 그의 마음에는 천성적으로 타고난 선함과 의로움이 있었다.

"…개차반처럼 동네를 휩쓸어도 본래 마음은 안 그래."

"그렇긴 해요. 어린 나이에 죽어가는 사람을 구해 낸 걸 보면 의롭고 착하지요."

이웃에 사는 아낙 둘이 장으로 가며 12살 응구를 화제로

삼아 이야기를 나누었다. 음력 11월의 싸한 바람이 코를
베어 갈 듯 차가운 날이었다.

"응구 그놈 참 희한한 놈이야. 동네 깡패인가 싶으면 또
눈 속의 사람도 구해 내고. 알다가도 모를 일이라니까."

2. 돈보다 귀한 생명

"응구야!"

풍헌1으로 일하는 형이 불렀다.

"예!"

마당에 있던 응구는 큰 소리로 대답했다.

"심부름 좀 해라."

응구는 동네 아이들과 자주 다투고 말썽도 피웠지만 형이 시키는 심부름을 뚝 부러지게 했다. 형은 믿고 응구에게 심부름시키곤 했다.

심부름은 공금 40량을 관가에 주고 오는 것이었다. 돈을 전하는 심부름이기 때문에 똑바로 주고 오라고 단단히 주의를 듣고 길을 떠났다.

응구는 부지런히 걸었다. 함박눈이 내리더니 이내 길을 덮었다. 원통(源通) 이란 작은 마을로 들어섰을 때였다.

----

1 풍헌(風憲): 조선 시대, 면(面)이나 리(里)의 일을 맡아보던 벼슬아치로 현재의 면장 정도.

"아니!"

응구가 본 것은 눈길 위에 쓰러진 사람이었다.

"아저씨! 아저씨! 정신 차리세요!"

소리치며 흔들었지만, 정신을 잃은 사람은 움직이지 않았다.

"으음... 으...."

길에 쓰러진 사람은 가만히 눈을 떠 응구를 보더니 다시 눈을 감아 버렸다. 온몸이 꽁꽁 얼어있었다.

"아저씨 정신 차리세요. 여기서 잠들면 위험합니다."

응구는 그를 억지로 일으켜 들쳐업었다. 응구는 땀을 뻘뻘 흘리며 어느 주막에 도착했다.

"주인 어르신, 이분 좀 돌봐 주십시오. 그냥 두면 얼어 죽을 것 같아 제가 업고 왔습니다."

"그렇다고 여기 업고 오면 어떡해. 나더러 어쩌란 말이냐."

"아니 어르신 다 죽게 된 사람을 보고도 그냥 오란 말입니까?"

"아는 사람인가?"

"아닙니다. 저도 모르는 사람입니다. 그렇지만 이 마을 근처에서 사람이 얼어 죽으면 어떻게 합니까? 누군지 모르지만 우선 살려야 하지 않겠습니까."

어린 응구가 야무지게 말하자 주인도 더는 어쩔 수가 없었다. 그렇다고 장사하는 사람이 무턱대고 아픈 사람을 맡기도 어려웠다.

"… 그렇지만 저 사람을 구완하려면 돈이 들 텐데. 내가 어떻게 그것까지…."

"돈은 제가 드리지요. 여기 30량 받으십시오."

응구는 이것저것 생각하지 않고 심부름으로 받은 돈에서 30량을 선뜻 꺼내어 주막 주인에게 내밀었다. 응구는 그 돈이 어떤 돈이며 함부로 써서는 안 된다는 것도 모르지 않았다. 그러나 돈보다 사람의 생명이 소중하다 생각했기 때문에 앞뒤 가리지 않고 돈을 떼어 낸 것이다.

"주인 어르신 잘 부탁드리겠습니다. 다 낫거든 집으로 잘 가라고 해 주십시오."

"걱정말게 내가 잘 낫게 해서 집으로 가게 하겠네."

응구는 주막을 나와 관가로 가서 남은 돈 10량을 전해주고 집으로 돌아왔다.

"돈을 잘 전해 주었느냐?"

형이 물었다.

"네. 그런데 그게…."

"무슨 일인데 그러느냐? 심부름 잘 다녀왔다며."

"그런데 10량만 내고 왔습니다."

"아니 그게 무슨 말이냐? 내가 40량을 주지 않았느냐?"

응구는 형에게 원통 마을에서의 일을 정직하게 털어놓았다.

"공금을 그렇게 써 버리면 어떻게 하니? 그게 함부로 쓸 수 있는 돈이 아니지 않으냐? 아무리 철이 없기로서니."

형이 크게 나무랐다. 응구는 기꺼이 형의 나무람을 들었다. 형은 야단치면서도 아우가 의로운 일을 한 것에 대해서는 속으로 대견하게 생각하였다.

'이놈이 물건은 물건이야. 앞으로 잘 자라야 할 텐데.'

형도 응구가 서자 출신이어서 아픔을 견디며 지낸다는 것을 모르지 않았다.

의암은 이처럼 자신이 옳다고 생각하면 야단을 맞아 가면서도 그 일을 해냈다. 꾸중을 듣고 야단을 맞으면서도 그는 마음이 시키는 선한 일을 외면하지 않았다.

어느 날 친구 집에 갔더니 친구가 울고 있었다. 이야기를 들어보니 친구의 아버지가 공금을 써 버려서 곧 관가에 잡혀가게 되었다는 것이다. 꽤 큰 돈이어서 친구네로서는 도저히 어쩔 수 없이 잡혀가 죽을지도 모른다고 했다.

응구는 집으로 돌아왔지만 잠을 이룰 수가 없었다.

"응구야, 우리 아버지 관가에 끌려가 죽을지도 몰라."

흐느끼며 말하던 친구의 음성이 밤새 응구의 잠을 방해했다. 이튿날 응구는 친구네 집으로 달려갔다. 친구는 멍하게 앉아 있었다.

"나에게 좋은 방법이 있어. 너희 아버지를 구할 수 있을 거야. 돈 백 량 때문에 죽기까지 해서야 되겠니? 내가 시키는 대로만 하면 네 아버지를 구할 수 있어."

응구는 아버지가 관가에 바칠 세금을 거두어 문갑 안에 보관하고 있다는 것을 알고 있었다. 응구는 친구에게 식구들이 다 잠들면 들어와 돈을 훔쳐 가라고 일러주었다. 문갑이 어느 방에 있는 것까지 자세히 일러 주었다.

"그래도 되겠니?"

친구가 걱정되어 물었다.

"아버지를 죽게 할 거야?"

"알았어. 고마워."

친구는 식구들이 다 잠든 다음 응구네 집 문갑에서 돈 백 량을 훔쳐내어 관가에 갖다주었다. 친구의 아버지는 옥에서 풀려나왔다.

며칠 후에 응구네 집은 발칵 뒤집혔다. 세금으로 거둔 돈 백 량이 감쪽같이 사라졌기 때문이다.

'이럴 수가… 도둑은 분명 집 안에 있다. 도대체 누가 가져갔단 말인가. 내가 도둑을 키웠구나.'

아버지는 식구 한 사람 한 사람을 떠 올리며 의심하였다. 아무도 돈을 가져가지 않았다니 기가 막힐 노릇이었다. 응구도 시침을 뚝 떼었다.

아버지가 며칠째 식음을 전폐하며 누워있던 어느 날 응구가 무릎을 꿇고 앉았다.

"제가 그 돈 백 량, 어디에 있는지 알고 있어요."

"그게 무슨 소리냐?"

아버지는, 응구가 돈을 훔쳤다가 아비가 식음을 전폐하니 이제 내놓는가 보다 했다. 응구는 그 돈이 사라진 사정을 정직하게 고백했다.

"왜 이제야 말하는 것이냐?"

"돈을 훔쳐 간 다음 날 바로 말했다면 당장 달려가 돈을 찾아왔겠지요. 그러면 그 친구 아버지는 영영 옥에 갇히고 맙니다. 이제 옥에서 나왔으나 말씀드리는 겁니다."

"세상에! 세상에! 네가 훔쳐 가라 했단 말이지? 댓기놈! 그 친구가 도둑이 아니고 네가 도둑이구나."

아버지는 야단을 쳤지만 속으로는 감탄했다.

'이놈이 서얼(서자)만 아니었음 얼마나 좋았을꼬! 인정 많지, 배포 크지. 정의롭지. 하늘이 내린 아들인데….'

아버지는 이렇게 생각하면서도 헛기침하고 나서

"앞으로 또 이런 일이 있으면 경을 칠 줄 알아라."

하고 엄한 소리로 꾸짖었다.

응구가 공손히 방을 나서자 아버지는 혼자 중얼거렸다.

"우리 집안의 흥망이 응구 손에 달렸다. 제발 엇나가지 말고 잘 자라다오."

이런 의롭고 선한 행실은 동네 사람들의 칭송을 듣기도 했지만 바른말 하는 그의 성품 때문에 꺼리는 사람들도 많았다. 소위 양반이라는 사람일지라도 바르지 못한 것을 보았을 때는 가차 없이 지적했고 야무지게 옳고 그름을 따졌다. 양반이라고 해서 봐주지 않았고 서자라 해서 기죽지 않았다. 과격하다 싶을 정도로 대들었기 때문에 그와 대항하는 것을 아주 꺼리는 사람들도 있었다. 아무리 권세 높은 양반이라 해도 그는 봐주지 않았다.

3. 끈질긴 서자의 설움

손병희[1]의 나이 어느새 열다섯이 되었다.

그런데 언제부터인가 그는 혼자 뭔가를 생각하며 고개를 끄덕이기도 하고 먼 산을 보며 혼자 빙그레 웃기도 했다.

'곽 씨라고 했지?'

손병희는 이웃 마을에서 본 곽 씨 아가씨를 마음에 떠올리고 있었다. 이웃 마을 정하리에 사는 아가씨였다.

곽씨 집안의 외동딸인 그녀는 건강하고 반듯한 행실로 좋은 색싯감이라는 소문이 이웃 마을에까지 퍼져 있었다. 손병희는 그녀를 한 번 보고 나서 수줍어하던 그 모습을 마음에서 지울 수가 없었다. 어느새 그녀를 연모(戀慕)하고 있었다.

"병희야, 오늘 멀리 가지 말고 집에 있거라. 내 시킬 일이 있으니."

---

1 손병희: 응구로 불렸던 의암이 언제부터 손병희로 불렸는지는 분명하지 않다. 혼례를 치르고 어른 대접을 받는 이 시점부터 손병희로 부르기로 한다.

어느 날 점심을 먹고 나서 아버지가 말했다.

"무슨…?"

"여기 있는 서책들 말끔히 정리해 놓거라."

아버지는 여기저기 흩어져 있는 책들을 손으로 가리키며 말했다.

"네. 어디 나가시게요?"

아버지의 차림은 여느 때와 달랐다.

"그래, 어서 잘 정리해라."

손병희는 책을 정리하고 아버지는 나가셨다. 그런데 얼마쯤 지나서였다. 마당에서 아버지 소리가 들렸다.

"여기가 우리 집입니다. 누추합니다."

"아닙니다. 집이 참 정갈합니다."

손병희는 누가 왔나보다 하고 마당으로 나왔다.

"병희야, 북일 정하리에 사는 어르신이다."

정하리라면 곽 씨 아가씨가 사는 마을 아닌가. 이 어른은 누구일까? 혹시?

"우리 마을에 볼일이 있어서 오셨다가 잠깐 들렀다는구나. 병희야, 인사 올려라."

손병희는 가슴이 뛰는 것을 느꼈다.

"손병희입니다."

손병희는 공손히 서서 그러나 당당한 자세로 고개를 숙여 인사했다.

"기골이 장대하고 힘깨나 쓰게 생겼습니다. 좋은 아드님을 두셨습니다."

"정직하고 집안일을 많이 돕고 있습니다."

"든든하시겠습니다."

손병희는 다시 공손히 고개를 숙여 인사하고 방으로 들어갔다. 그 곽 씨가 분명했다. 사윗감 선을 보기 위해 온 듯했다. 손병희는 창가에 귀를 대고 마당에서 들려오는 소리를 들었다. 아버지와 곽씨 노인은 조용조용, 이런저런 이야기를 나누더니 곽씨 노인은 더욱 소리를 낮추었다.

"인물이며 기골이며 사내답고 좋은데 아무래도 하나가 마음에 걸려서….."

곽씨 노인이 더 작은 소리로 말했기 때문에 더는 들리지 않았다.

"사람은 참 좋은데…. 사람은 참 좋은데…."

곽씨 노인의 아쉬워하는 소리가 다시 들리는가 싶더니 안녕히 계시라는 인사 소리가 들려왔다.

"네 조심해서 가십시오."

아버지의 인사 소리도 들렸다.

손병희는 정신이 아뜩해지는 걸 느꼈다. 사람은 참 좋은데 서자라서 안 되겠다는 뜻이 분명했다.

'아 혼례에도 또 서자가 문제로구나.'

피가 머리 위로 확 솟구치는 것 같았다. 아버지가 방으로 들어가는 소리를 확인한 손병희는 재빨리 방을 나와 냅다 뛰기 시작했다.

'어떻게 해서라도 이 혼인을 성공시켜야 해.'

손병희는 지름길로 달려가 곽씨 노인을 기다렸다. 한참을 기다리자 곽씨 노인이 터덜터덜 걸어왔다. 사윗감이 맘에 들었지만 서자라 퇴짜를 놓고 돌아서는 그의 마음도 편치 않았던 것이다.

생각지 않았던 손병희가 앞을 막아서자 곽씨 노인은 깜짝 놀라서 걸음을 멈추었다.

"어르신 제 선을 한 번 더 보고 가시지요. 자 어떻습니까? 제가 어르신 사윗감으로 부족한가요? 이만하면 되지 않겠습니까?"

갑자기 길 앞에 나타난 손병희도 그렇지만 사윗감으로 어떠냐고 당돌하게 묻는 손병희의 말에 곽씨 노인은 말을 얼른 말을 꺼내지 못했다.

"자, 자네가 어째서 여기에…."

말을 더듬기까지 했다.

"제가 사윗감으로 많이 부족한가요?"

"아니 부족하다기보다는…."

곽씨 노인은 난감했다. 손병희는 바로 치고 나왔다.

"그럼 부족한 게 무엇인지 분명하게 말씀하십시오. 솔직히 제가 적자가 아니어서 그런 것 아닙니까? 서자라서요."

"아 그게 미안하네."

곽씨 노인은 쩔쩔매었다.

"어르신, 어르신께서도 이 나라의 서자 차별법이 옳다고 생각하시는 거지요?"

"아닐세. 나도 그게 옳지 않다고 생각하지만 나라의 법 아닌가."

"나라의 법이라서 나쁜 줄 알면서도 지키겠다는 말씀이군요."

"다들 그렇게 따르는데 난들 어쩌겠는가?"

"어르신 논어에서 읽은 것입니다. '잘못이 있는데 바르게 고쳐 행하지 않으면 그것 또한 잘못이다' 했습니다."

곽씨 노인의 얼굴에 어느새 엷은 웃음이 피어났다. 손병희와 이야기를 나누는 동안 곽씨 노인은 손병희의 사람됨에 흥미를 느끼기 시작했다.

'이 젊은이가 보통 사람하고는 생각하는 것 자체가 다르구먼. 크게 될 인물이야. 성질깨나 부릴 줄 알았는데 논어라… 그렇지 잘못을 알았으면 고치는 게 당연하지. 그동안 이 잘못된 법을 고치려고 얼마나 많은 사람이 애썼던가. 조선의 선비들이 줄줄이 소[2]를 올려 서자 중에서도 인재는 뽑아 써야 한다고 했지만 아직도 이 나라 법이 고쳐지지 않았지. 여러 학자가 주장하고 있지만 워낙 나라의 뜻이 완강하니. 이 젊은이 생각이 그르지 않아. 분명 서얼 차별을 폐지할 때가 올 거야. 이런 기개[3]넘치는 젊은이들이 대접받는 세상이 올 테지.'

곽씨 노인은 혼자 고개를 끄덕였다. 볼수록 매력이 넘치는 젊은이였다. 손병희는 더 이상 입을 열지 않는 곽씨 노인을 보며 이제 글렀나보다고 생각했다.

"제가 서자였다는 것을 처음부터 아셨으면 선을 보지 말아야 하는 것 아닙니까? 선을 보고 그냥 가다니요. 이 혼례를 반대하신다면 선본 값이라도 톡톡히 내셔야 합니다. 선본 값, 주시지요."

---

2 소(疏): 임금에게 올리는 글.
3 기개(氣槪): 씩씩한 기상과 꿋꿋한 절개.

손병희가 정색하며 손까지 내밀자 곽씨 노인은 다시 빙그레 웃었다. 그는 어느새 마음의 평정을 찾았고 마음을 굳히고 있었다.

"어쩌누? 내가 돈을 가지지 않아서. 그래 선본 값으로 얼마를 줘야 하는가? 돈이 없는데."

"돈이 없다구요? 그런 말씀이 어디 있습니까? 혼인을 승낙하시든지, 선본 값을 내고 가시든지 하십시오. 그냥은 못 보냅니다."

손병희는 어느새 곽씨 노인의 마음이 어느 정도 자기에게 기울고 있음을 알았다. 노인은 어느새 자신을 사랑스런 눈길로 보고 있었다.

"어르신, 이건 제가 따님에게 장가드는 문제만으로 조르는 것이 아닙니다."

"또 다른 문제는 뭔가?"

"저처럼 억울한 서자들을 대표해서 어르신께 조르는 것입니다. 부디 제 마음을 헤아려 주십시오."

손병희의 마음은 간절함이었다. 그 간절함이 노인에게 전달되었고 노인은 마침내 마음을 굳혔다.

"자네 마음 잘 알겠네. 죽은 사람 소원도 들어준다는데 내 산 사람의 그 간절함을 어찌 모른 척하겠는가. 자네를 사위로 받아들이겠네. 내 딸과 혼인하게."

"고맙습니다. 고맙습니다."

손병희는 노인의 손을 덥석 잡았다.

"장인어른 절 받으십시오."

손병희는 그 자리에서 무릎을 꿇고 넙죽 큰절을 올렸다.

이런 일이 있고 나서 3개월 후 손병희는 혼례를 올렸다. 12월 어느 날이었다.

오늘은 손씨 집안 묘소 참배가 있는 날이다. 손병희도 혼례를 치르고 성인이 되었기 때문에 제사에 참례하기 위해 망월산 묘소로 올라갔다. 결혼 전에는 어린애 취급을 받았지만 이제 당당히 손씨 문중의 한 사람으로 제사에 참여하려는 것이었다. 제를 올리는 자리에서 손병희는 자신의 항렬4에 맞는 자리를 찾아 앉았다. 그때였다.

"어디라고 거길 앉는 거야? 안 될 일이다! 네가 감히 묘전에 참배하다니. 저만큼 내려가 앉거라."

문중의 영향력 있는 어른이 손병희를 일으켜 세웠다.

─────────────────

4 항렬(行列): 자기와 같은 시조에서 갈라져 나간 다른 계통에 대한 대수 관계를 표시하는 말. 형제자매 관계는 같은 항렬로 같은 항렬자를 써서 나타낸다.

"암요, 여기가 어디라고 감히."

눈치를 보며 못마땅해하던 다른 어른들도 혀까지 차며 손병희를 밀어냈다. 서자라서 안 된다는 것이다.

묘 앞에서 밀려나 아랫자리로 내려간 손병희는 두 눈을 감으며 주먹을 불끈 쥐었다. 그동안 서자라는 신분 때문에 수없이 많은 차별과 구박을 받으며 살았다. 그런데 조상의 무덤 앞에서까지 차별 대우를 받다니…. 그동안 받았던 설움까지 한꺼번에 치밀어 올랐다. 울컥하며 가슴이 터져 나갈 것 같았다.

손병희는 벌떡 일어나 곧바로 집으로 내달렸다. 쓰고 있던 관과 두루마기를 벗어 던지고 머슴 같은 차림으로 삽과 곡괭이를 챙겨 무덤으로 달려갔다.

손병희의 차림이며 삽과 곡괭이를 들고 나타난 손병희를 의아한 눈으로 보는 사람이 있었지만 누구도 입을 열지는 않았다. 아직 제사가 끝나기 전이었다. 손병희는 제사 지내는 사람도 아랑곳하지 않고 삽으로 무덤 한쪽을 허물기 시작했다. 엄숙하게 제사를 지내던 사람들은 경악했다. 어느 누구도 생각지 못했던 일이 눈앞에 벌어진 것이다.

"아니 저런!"

"아니 저놈이! 무덤을! 조상님 무덤을 파헤치다니!"

문중 어른들은 말을 잇지 못하고 뒤로 넘어지기도 하고 숨을 못 쉬고 헉헉거리기도 했다.

한참 후에야 문중 어른들은 젊은 사람들을 시켜 손병희를 말리도록 했다. 그러나 힘으로 밀릴 그가 아니었다. 힘이라면 누구에게도 밀리지 않는 손병희였다.

"네 이놈! 보자 보자 했더니 네가 단단히 미쳤구나."

제일 먼저 손병희를 묘소 앞에서 밀어냈던 어른이 호통을 쳤다.

"제가 여러분의 눈총을 받는 서자라 하지만 저도 손씨 가문의 뼈와 피를 받고 태어난 몸입니다. 그 조상이 그 조상이지 어디 조상이 다릅니까? 서자라고 무덤 앞에서 제사도 못 드리고 절도 할 수 없다면 저도 우리 조상의 뼈만이라도 조금 가져가서 따로 제사를 드려야 하지 않겠습니까? 여러분이 다 저를 밀어내니 저는 따로 모시고 가서 제사를 지내겠습니다. 그러니 말리지 마십시오."

손병희는 재빨리 말하고는 더 힘차게 묘를 파기 시작했다. 얼마나 서슬이 퍼렜던지 아무도 나서지 못했다. 문중 어른들은 손병희 마음을 되돌릴 수 없다는 것을 비로소 깨달았다. 자신들이 너무했다고 뉘우치는 어른도 있었다. 그들은 재빨리 의논했고 결국은 손병희의 참배를 허락하기로 했다.

이 일 이후 손병희는 당당히 문중 제사에 참여하는 진정한 손씨의 일원이 되었다.

이처럼 손병희는 어린 시절부터 부당함에 맞서 물러서지 않았다. 어머니가 해를 안고 나서 태어난 아이여서일까? 그의 성품은 태양처럼 뜨거웠다. 특히 불의나 부당함 앞에서는 조금도 물러서지 않고 당당하게 맞섰다.

4. 가시나무에 피는 꽃

의암 손병희의 젊은 시절 일화는 이외에도 많다. 타고난 정의감과 활력으로 조그만 불의에도 눈을 부릅떴으며 가난하고 힘없는 자들에게는 있는 힘을 다해 도왔다.

그는 열아홉 살 무렵 어머니를 모시고 아내와 함께 따로 살고 있었다. 생활은 늘 어려웠다. 서자 출신에게 일자리를 주는 사람도 없었기 때문에 가난할 수밖에 없었다. 첫딸이 태어나면서 살림은 더 빈궁해졌다.

아침 식사 때가 되었지만 손병희의 집에서는 연기가 피어오르지 못했다. 쌀이 떨어진 것이다. 그러나 아무도 쌀이 없다는 이야기를 입에 올리지 않았다. 제대로 먹지 못한 아내에게 젖이 충분할 리 없었다. 아기는 젖을 보채며 울다 잠이 들었다. 해가 어느새 동쪽 산을 넘어오고 있었다.

"어머니, 저 나갔다 오겠습니다."

"그래라."

어머니는 어디 가느냐고 묻지 않았다. 외상 쌀이라도 얻으러 가는 모양이라고 속으로만 생각할 뿐이었다.

집을 나온 손병희는 잠시 길에 서서 뭔가 생각하는 눈치였다. 차갑던 바람이 어느새 따스해졌고 봄볕도 제법 두터워져 등을 따뜻하게 했다. 그는 입술을 축이더니 장터 쪽으로 바쁘게 걸어갔다.

"그동안 잘 지냈어요?"

손병희는 싸전 주인 이 씨에게 인사했지만 이 씨는 별로 반가는 얼굴이 아니었다.

"쌀 두 말만 좀 주시오. 내 이름으로 달아놓고."

"아니 이 양반이 그동안 가져간 게 얼마인데 또 외상 쌀이야? 못 줘요."

싸전 주인 이 씨는 지나가는 사람들에게 다 들리라고 부러 큰 소리로 말했다. 손병희라고 외상 쌀을 얻으러 온 게 자랑스럽겠는가. 창피를 주면 물러가려니 했다. 사람들이 몰려와 기웃거렸다.

"사람이 염치가 있어야지. 그동안 우리 쌀을 얼마나 가져갔소? 그런데 또 두 말이나 달라고? 난 못하오."

구경꾼들이 몰려들자 싸전 주인은 더 큰 소리로 삿대질까지 했다. 구경꾼들이 수군거렸다.

'창피하지? 어서 썩 꺼져! 다시는 못 오겠지?'

싸전 주인은 속으로 쾌재를 불렀다. 이런 수모를 당하고 순순히 물러설 손병희가 아니었다.

"네 이놈!"

손병희는 잽싸게 달려들어 쌀장수의 멱살을 움켜쥐었다.

"네 놈이 언제부터 그렇게 이 손병희를 우습게 보았니? 그래 대답해 봐라. 네 놈이 이 장사를 시작할 때 어떻게 시작했는지 벌써 잊은 모양이지? 시작할 때 고작 쌀 몇 말 가지고 시작하더니 이제 쌀가마니 쌓아놓고 장사를 하니까, 우리 같은 사람은 우습다 이거지? 없다고 사람 무시하지 마라. 우리 네 식구 굶어 죽게 생겼는데 네 놈만 잘 먹고 잘살라고 그냥 둘 줄 알았어? 어디 내 손맛 좀 봐라."

쌀장수 이 씨는 덜컥 겁이 났다. 거기다 모여든 구경꾼조차 자기를 편들어 주는 줄 알았는데 그게 아니었다.

"돈 좀 벌었다고 유세하더니 오늘 주인 만났네. 에이 더러운 놈."

"아예 혼 좀 내줘요. 에구 시원하다."

하며 대놓고 손병희 편을 드는 것이었다.

'이러다 정말 이놈이 나를 죽일지도 몰라.'

겁이 덜컥 났다. 목을 졸려 꽥꽥거리며 이 씨가 애원하기 시작했다.

"내가 잘못했네. 쌀을 줄 테니 얼마든지 가져가게. 두 말 아니라 한 가마라도 가져가게."

구경꾼들이 웃음을 터뜨렸다.

"나도 미안하네. 그러나 생각해보게. 아무리 내가 외상 쌀을 얻으러 왔다고 이 많은 사람 앞에서 창피를 주고 모욕을 주는 데 나도 가만히 있을 수 없지 않은가. 나도 염치는 있는 사람일세. 당장 굶게 생겼으니 봐 달라는 건데, 없다고 너무 그러지 말게. 사람은 없으면 곧 죽지만 돈은 있다가도 없고 없다가도 있는 거 아닌가."

쌀장수 이 씨는 손병희는 부드럽게 말했지만 잔뜩 겁을 먹고 있었다.

"마음대로 쌀을 가져가게."

"아직도 나를 못마땅해하는군. 나는 외상 쌀을 얻으러 왔지 남의 장사집에 도둑으로 들어온 것은 아니오. 내 죽지 않고 잘 갚을 테니 너무 미워하지 마시오. 딱 두말이면 되오."

손병희는 주인이 내주는 쌀 두 말 자루를 어깨에 메고 집으로 향했다.

손병희의 어머니는 밖을 내다보며 아들을 기다리고 있었다. 사람 중에는 손병희가 거칠다고 욕하는 사람도 없지 않았지만 어머니는 아들을 믿었다.

'해를 품고 낳은 우리 병희 아닌가. 지금은 기를 다 못
펴고 살면서 다른 사람에게 싫은 소리도 듣지만 언젠가는
해처럼 세상 어둔 구석까지 밝히는 그런 사람이 될 거
야….'

늘 가난한 살림을 말없이 꾸려가는 며느리에게도 늘 긍
정적인 당부를 하며 희망을 심어 주었다.

어머니와 아내가 기다리는 집으로 손병희는 힘차게 들어
섰다. 어깨에 멘 쌀 두 말이 유독 돋보이는 날이었다.

스무 살 무렵 청주 약령시가 열리던 날, 손병희는 길을
가다가 엽전 3백 량을 주웠다.

'이걸 잃은 주인은 얼마나 애가 탈까?'

손병희는 주인이 나타날 때까지 기다렸다가 돌려주었다.
주인이 고맙다고 반만 받으려 했지만 손병희는 한 푼도 받
지 않았다.

"고맙습니다, 고맙습니다. 정말 고맙습니다."

돈을 되찾은 주인은 가다가도 돌아서서 고맙다는 인사를
몇 번이나 했다.

약령시에 다녀오고 나서 얼마 지나지 않은 여름이었다.

손병희는 충청도 음성군 원남면 마송리(馬松里) 마을을 지나고 있었다.

'마을 사람들이 왜 저기 모여서 웅성거리고 있지?'

손병희는 사람들이 모여 웅성거리는 곳으로 가까이 다가가 무슨 일인가 하고 귀를 기울여 보았다.

"정말 온 식구가 다 죽었단 말이지요?"

"그렇답니다. 무슨 병인지 모르지만 온 식구가 몰사한 걸 보면 돌림병 아니겠습니까?"

"벌써 사나흘이 지났는데 저대로 두면 곧 썩는 냄새가 온 마을에 진동할 텐데 어쩌지요?"

"장례를 치러 주고 싶지만, 우리도 그 병에 옮을까 봐 무서워서 이러지도 저러지도 못하겠어요."

사람들은 계속 웅성거렸다.

손병희가 그들의 말을 다 듣고 나서 그들 앞에 나섰다.

"길을 가던 사람입니다만 하도 딱해서 그냥 갈 수가 없네요. 아무리 돌림병이 무섭기로 이렇게 모여서 걱정만 하면 뭐합니까? 내가 앞장설 테니 가서 장례 치를 도구나 좀 가져오세요."

낯선 사람인 손병희까지 나서자 그들도 더는 발뺌할 수 없었든지 장사치를 준비를 하고 왔다.

손병희는 그들이 가져온 도구를 들고 앞장서서 한 가족 여섯 식구의 장례를 치러 주었다.

이듬해 그러니까 손병희의 나이 스물한 살 때 일이다. 그는 유명하다는 초정약수터의 물을 마시기 위해 청원군 북일면 초정리로 길을 떠났다. 초정 약수로 소문난 초정리는 청주에서 이십오 리쯤 거리에 있었다.

'세종대왕께서도 초정 약수터에서 60여 일을 머물며 눈병을 고쳤고 세조께서도 여기서 피부병을 고쳤다지? 얼마나 좋은 약수면….'

손병희도 그 약수터에 도착했다.

그런데 사람들이 여기저기 웅성거리며 투덜거리기만 할 뿐 약수를 마시지 않고 있었다. 알고 보니 영월 군수와 숙천 군수를 지냈다는 전직 군수 일행들이 약수터를 다 차지하고 앉아서 일반 사람들을 물러나게 한 것이다. 먼 길을 온 사람들도 양반들이 떠나가기만을 기다리고 있었다.

그 소리를 듣고 참을 손병희가 아니었다.

손병희는 약수터로 거침없이 다가가 바가지로 물을 떠서 꿀꺽꿀꺽 마셨다.

"아니, 저놈이! 저놈이 도대체 여기가 어느 안전이라고!"

두 양반이 벌떡 일어서서 삿대질을 나려는 찰나에

"나리, 저 양반이 그 유명한 범눈입니다."

하고 아랫사람이 넌지시 귓속말로 일러 주었다.

"그 범눈, 손응군가, 손병희란 사람이 바로 저자야?"

두 양반도 손병희란 사람이 어떤 사람이라는 것을 들었던 터라 헛기침을 두어 번 하고는 슬그머니 자리를 뜨고 말았다. 손병희의 성깔이 워낙 고약하다는 것, 양반 앞에서도 거리낌이 없다는 것을 그들도 귀동냥으로나마 들었던 것이다.

두 양반이 슬그머니 자리를 뜨자 사람들은 와자지껄 떠들며 맘껏 약수를 떠서 마셨다. 그런데 아까부터 손병희가 하는 모습을 유심히 지켜보는 눈이 있었다. 손병희도 그 눈길을 느끼고 있었다. 물 한 바가지를 떠서 그에게 내밀며 한마디 했다.

"당신도 양반이오? 양반이거든 이 물 마시고 얼른 따라가시오."

그 젊은이는, 꼬리를 내리며 슬그머니 자리를 뜬 두 양반과는 달리 빙그레 웃으며 물바가지를 받았다.

"나는 김반석이라 합니다. 청주의 손병희라는 젊은이가 사내답다, 하는 소문을 들었소만 이처럼 보기는 첨이오."

"김반석이라… 나는 청주에서도 이름난 상놈이오."

"하하하 당신 참 유쾌한 사람이구려. 양반 상놈 종자가 어디 따로 있나요?"

두 사람은 이야기를 나누는 중에 서로 마음이 통한다는 것을 알았다.

"우리 만난 것도 큰 인연 아니겠습니까? 내 만난 기념으로 시 한 수를 지어 보리다. 받아 적으시겠소?"

김반석은 지필묵을 꺼내 손병희가 읊는 시를 받아 적었다.

초정의 약수를 읊다(초정약수음椒井藥水吟)

비록 가시나무라 할지라도 꽃이 피면 아름답고
흙탕 못에 핀 연꽃이라도 향기는 더없이 좋구나
예나 지금이나 사람을 어찌 양반 상놈으로 나눌 수 있으랴
초정에 마음 씻으니 모든 사람 평등하다

雖云芒木發花佳(수운망목발화가)
蕩池蓮花尤香好(탕지연화우향호)
古今班常何有別(고금반상하유별)
椒井洗心平等人(초정세심평등인)

아무리 가시가 있는 나무요 흙탕물 속의 연꽃이라 해도 아름다운 꽃을 피우면 사람들이 좋아하고 다 쓸모가 있음을 나타낸 한시로 사람을 양반 상놈으로 구별해서 대하면 안 된다는 것을 표현한 시였다.

김반석은 고개를 끄덕였다.

'왈패요, 무뢰배인 줄 알았더니 한시까지 멋지게 읊는 걸 보니 보통 사람이 아니군. 그냥 왈패가 아니라 마음에 큰 뜻을 숨겨두고 있는 사람 같아.'

이 시는 지금까지 전해져 손병희가 어떤 사람인지를 잘 보여 준다

5. 차별 없는 평등 세상

1882년 여름 어느 날, 22살의 손병희에게 조카 손천민(孫天民)이 찾아왔다. 그는 이복형의 아들로 7살 연상이었다.

"당숙, 그간 별고 없으셨습니까?"

"어서 오시게. 조카님도 잘 지냈는지요? 여기 앉으시게"

"네. 조용히 드릴 말씀이 있어 왔습니다."

두 사람은 마주 보고 앉았다.

손천민은 쾌활한 성품이어서 우스개도 곧잘 하는 사람이었다. 그런데 무슨 일인지 여간 점잖게 나오는 게 아니었다.

"그래 무슨 일로?"

"당숙께서도 동학에 대해 들어보셨지요?"

동학. 뜻밖의 말이 조카의 입에서 나왔다.

"동학 모르는 사람이 어디 있나? 듣기야 많이 했지."

그렇지 않아도 궁금하던 참이었다.

"당숙님, 제가 동학에 입도했습니다."

손병희 얼굴에 놀라움과 호기심이 떠올랐다. 나라에서 금하는 동학이라는 걸, 손병희도 모르지 않았다.

"조카님이 동학이라⋯."

손병희가 관심을 보이자 손천민은 자신있게 입을 열었다.

"당숙님, 동학을 믿으면 삼재팔난1을 이길 수 있습니다. 약을 먹지 않아도 병이 스스로 물러가요. 흉년이 들어도 굶주리지 않게 되고 난리가 나도 미리 알게 되어 예방할 수 있습니다. 그러니 당숙님도 동학에 들어오십시다. 또 무슨 일이나 소원을 이루게 되어 잘살게 될 것입니다."

"삼재팔난을 피하려고 믿는 게 동학이라면 나는 그런 동학을 믿고 싶지 않소이다. 삼재팔난이 와서 그 잘난 양반들을 싹 쓸어 갔으면 좋겠네. 이놈의 세상 한 번 뒤집혀야 해. 사람을 무시하고 깔보는 그 양반들도 한 번 당해봐야지, 그런 삼재팔난이 빨리 왔으면 좋겠다."

---

1 삼재팔난(三災八難): 3가지 재앙인 화재, 수재, 풍재와 8가지의 괴로움과 재난. 8란은 재지옥난, 재축생난, 재아귀난, 재장수천난, 재울단월난, 농맹음아난, 세지변총, 불전불후난.

"그게 아니고…."

손천민이 당황하여 손을 저으며 손병희의 마음을 돌리려고 했으나 손병희의 마음은 굳게 닫혀 버렸다.

"그만 가보시게. 사내대장부가 그깟 삼재팔난이 무서워 동학에 들어간단 말이오? 그런 동학이라면 나는 안 믿겠소. 내 마음에는 안 맞으니 조카님이나 잘 믿으시오. 나는 싫소이다."

손병희는 불쾌하다는 듯이 일어서 버렸다.

손천민의 동학 입도 권유는 실패하고 말았다. 그런데 여름이 끝나고 가을로 접어든 어느 날 이번에는 동학 접주인 서우순(徐虞淳)이 찾아왔다.

"여보게 자네 동학에 들어오지 않겠는가?"

"삼재팔난이나 면하려고 동학에 들어가지는 않겠네. 그런 동학, 나는 싫으니 자네나 많이 믿게."

손병희는 지난번 조카에게 들었던 말이 떠올라 관심조차 보이지 않았다.

"자네 조카가 너무 쉽게 말했구먼. 동학은 삼재팔난이나 피하려고 믿는 게 아니네. 동학의 정신을 알게 되면 자네는 믿지 말라고 해도 동학에 입도할 걸세."

서우순은 자신 있게 말했다.

"그렇게 대단한 동학이라면 어디 말해 보게 동학의 정신은 무엇인가?"

"동학은 사람 섬기기를 하늘처럼 하는 게 우선이네. 사람을 하늘처럼 섬기는데 어찌 사람끼리 차별이 있을 수 있겠는가?"

"사람을 차별하지 않고 하늘처럼 섬긴다?"

손병희는 눈이 놀라움으로 커졌다. 차별 없는 세상, 그것은 손병희가 늘 꿈꾸던 세상이었다.

"동학에서는 사람을 차별하지 않고 서로 섬긴다네. 곧 평등이지. 사람은 누구나 평등하다. 이게 동학일세. 사람끼리 평등하게 지내다 보면 살기 좋은 세상이 저절로 오지 않겠는가? 보국안민2 · 포덕천하3 · 광제창생4이 우리 동학의 정신이라네. 자네 마음에도 닿지 않는가?"

손병희는 서우순이 차근차근 일러주는 말을 마음에 고스란히 품었다.

---

2 보국안민(輔國安民): 나라님을 도와 국정을 보살피고 백성을 편안하게 함.

3 포덕천하(布德天下): 덕을 천하에 편다는 뜻으로, 세상에 동학을 널리 보급함을 이르는 말.

4 광제창생(廣濟蒼生): 널리 백성을 구제함.

'차별 없는 세상! 차별 없는 세상! 평등 세상! 사람은 누구나 평등하다! 생각만으로도 좋구나. 지난번 조카가 이런 이야기를 해 주었다면 얼마나 좋았을꼬!'

손병희는 두 주먹을 불끈 쥐었다. 차별 없이 지내는 사람들이 집단 동학, 그는 마음을 굳혔다.

"사내라면 목숨을 걸고 해볼 만한 일이네그려. 고맙네."

"내가 고맙네. 내 뜻을 잘 알아주어서. 자네야말로 벌써 입도해야 했는데 지금이라도 마음을 굳혀주니 고맙네. 곧 입도식이 있을 걸세."

"입도식? 평생을 동학에 내 몸을 맡기는 입도식인데 정성을 들여야겠지?"

"당연하지. 목욕재계5하고 예물을 준비해야 한다네."

"예물은 뭐로 드리면 좋겠는가?"

"보통 백지 세 권을 드리지. 좀 돈이 있는 사람들은 무명을 드리기도 하고."

"평생 한 번 하는 입도식인데. 비단은 안 되는가?"

---

5 목욕재계(沐浴齋戒): 제사나 중요한 일 따위를 앞두고 목욕을 하여 몸을 깨끗이 하고 부정을 피하며 마음을 가다듬는 일.

"더욱 좋지. 그러나 값비싼 비단이 어디 쉬운가?"

손병희는 자기가 옳다 생각하는 일에는 최선을 다하고 미루지 않는 사람이었다. 곧 3일 동안 목욕재계하고 비단 한 필을 준비하였다.

이날이 1882년 10월 5일. 서우순의 집에서 입도식이 거행되었다. 조카인 손천민을 비롯하여 최동석(崔東錫), 최종목(崔宗穆) 등이 참여하고 서우순이 집례하였다.

손병희는 입도식에서 어육주초(魚肉酒草)를 일체 하지 않는 모범적인 생활을 할 것을 서약했다. 그 서약을 손병희는 한 번도 어기지 않았다. 어육주초-왜 물고기까지 금했는지 분명한 자료가 없네요. 그냥 술 담배 정도로 가면 어떨까요? 검소한 생활을 위해 어육주초를 금했던 것 같습니다.

동학에 입도하며 손병희는 눈에 띄게 달라지기 시작했다. 술과 담배를 끊는 것은 물론이고 즐기던 놀음판에도 나가지 않았다. 서자라고 자신을 우습게 여기는 사람을 봐도 예전처럼 덤벼들지 않았다. 불량배처럼 여기저기 들쑤시고 다니며 사고를 치던 모습을 물에 씻어낸 듯 전혀 다른 사람이 된 것이다. 그는 방안에 틀어박혀 주문을 외는 일만 거듭했다.

"시천주조화정영세불망만사지(侍天主造化定永世不忘萬事知), 시천주조화정영세불망만사지, 시천주조화정영세불망만사지…."

손병희는 두 손을 모으고 주문에 집중했다. 그 오묘한 뜻이 고스란히 마음속에 쌓여 나갔다.

'… 하늘님을 마음에 모시면 모든 게 조화의 경지가 이루어지지. 그리고 영원히 잊히지 않고 이 세상 모든 일 모든 이치를 깨우칠 수 있어.'

동학의 13자 주문을 외며 손병희는 수련을 계속했다. 하루 3만 번 암송과 짚신 두 켤레를 삼는 게 그의 수련이었다. 완성된 짚신은 청주 5일 장터에 나가 팔았다.

그의 눈에 세상은 새롭게 보였다. 사람들이 어떻게 사는지, 무슨 생각을 하는 지도 새로운 눈으로 보기 시작했다.

'최재우 교주님도 몰락한 양반의 서출(서자) 출신이라지? 얼마나 힘든 삶을 사셨을까? 그런 역경을 이기고 동학을 창시했으니 참 대단한 어른이야.'

손병희는 동학의 교조가 자신과 같은 서자 출신이라는 게 더욱 마음에 와닿았고 동병상련6의 깊은 정을 느꼈다.

손병희는 동학의 경전을 읽으면서 더욱 동학에 빠져들었

다. 그가 꿈꾸고 실현되기를 바라는 사상이 경전에 다 들어 있었던 것이다.

'동학이야말로 사내대장부가 목숨을 걸만하지 않은가.'

그렇게 몸과 마음을 수련하며 2년을 보낸 1884년 10월 5일, 목천에서 동학 2대 교조인 해월 최시형을 만났다. 호가 해월(海月)이어서 보통 해월 선사라 불렸다.

해월 최시형은 1827년 경주에서 태어났다. 가난하게 살았던 그는 어려서 부모를 여의고 종이 만드는 공장에서 일하다가 34세에 동학에 입도 최제우 창시자를 만나 보필하다가 최제우 교조가 순도7하기 8개월 전에 제2대 교조를 임명되었다.

해월 선사는 나라의 탄압으로 태백산 등지를 다니며 포교에 힘쓰는 한편 『용담유사8』와 천도교의 경전인 『동경대전(東經大全)』을 간행하고 교의9를 다듬고 교단 정비를 든든

---

6 동병상련(同病相憐): 같은 병을 앓는 사람끼리 서로 가엾게 여긴다는 뜻으로, 어려운 처지에 있는 사람끼리 서로 동정하고 도움을 이르는 말.

7 순도(殉道): 정의나 도의를 위하여 목숨을 바침.

8 용담유사(龍潭遺詞): 최제우가 지은 포교 가사집.

9 교의(敎義): 종교의 주된 가르침.

히 하기 위해 여러 가지로 힘쓰고 있었다.

해월은 첫눈에 손병희의 사람됨을 알아보았다.

'참으로 놀라운 사람이다. 우리 동학을 이끌어갈 진정한 큰 그릇이 여기 있구나.'

해월은 손병희를 크게 반기며 많은 이야기를 나누었다. 이야기를 나눌수록 손병희의 사람됨은 해월을 감탄하게 했다.

"내 여러 사람을 만나보았으나 진정으로 우리 동학의 깊은 이치를 깨닫고자 하는 이는 만나지 못했네. 자네야말로 우리 동학을 통해 앞으로 큰 세계를 열 만한 사람이니 부디 지금처럼 열심히 수련하여 동학의 큰 뜻을 깨우치기 바라네. 동학은 알다시피 사람이 한울님을 모시는 도인데 사람이 하늘이고 하늘이 곧 사람이니 이것이 인내천(人乃天)이고 시천주10리네."

손병희는 해월의 가르침을 온전히 이해할 수 없었지만 말로 설명할 수 없는 새로운 기운이 자신의 몸으로 들어오는 것을 느꼈다.

---

10 시천주(侍天主): 모든 사람이 자기 안에 한울님을 모시고 있다는 동학, 천도교의 핵심적인 교리.

"말씀 명심하여 열심히 정진하겠습니다. 어떻게 하면 도를 깨우칠 수 있겠습니까?"

"도를 깨치기 특별한 방법은 없네. 작은 일, 하찮은 일이라도 최선을 다하여 힘을 기울이다 보면 도는 저절로 깨쳐지는 법이지."

날이 갈수록 해월은 손병희가 보통 사람들과 다르다는 것을 느꼈다. 그를 특별히 아껴 곁에 두어 심부름도 시키고 여러 가지를 가르쳤다.

손병희는 점점 동학의 매력에 빠져들었다. 혼자 공부할 때 의문이 들었던 여러 생각들이 해월을 만나 가르침을 듣는 동안 그 의문들이 하나둘 풀려나갔다.

'이럴 줄 알았으면 진즉에 스승님을 찾아뵙고 가르침을 받을걸.'

손병희는 점점 다른 사람으로 변모해 가고 있었다. 익산 사자암에서의 49일 기도회에도 해월은 손병희를 참여시켜 여러 가지를 가르쳤다.

이듬해 봄이었다. 충남 공주 가섭사(迦葉寺)에서 다시 49일 기도회가 열렸다. 교조가 직접 주관하는 행사였다. 이 중요한 모임에 해월은 모든 궂은일을 손병희에게 맡겼다.

"자네 부엌에 가서 화덕에 큰 솥을 걸게."

어느 날 해월은 손병희에게 이런 일을 시켰다.

손병희는 즉시 스승의 지시를 따랐다.

"다시 하게. 이쪽이 비틀어지지 않았는가."

해월은 이런 트집 저런 까탈을 부리며 일곱 번이나 솥을 걸게 했다. 손병희는 불평 한마디 없이 일곱 차례나 솥을 고쳐 걸었다.

'역시 인물이야. 예전에는 조그만 일에도 트집을 잡고 시비를 걸고 그랬다지?'

해월도 손병희가 그동안 어떤 삶을 살았는지 알고 있었다. 술과 노름, 싸움으로 건달처럼 살았다는 그를 해월은 흐뭇한 눈으로 바라보았다. 힘이 황소처럼 세어서 아무에게도 지지 않고 대거리하던 예전의 모습은 어디에도 남아 있지 않았다.

해월은 불평 한마디 없이 자신의 요구를 수행하는 손병희를 신뢰하게 되었다. 어느새 두 사람은 교조와 신도의 관계를 넘어 스승과 제자가 되어 있었다.

6. 조여 오는 숨통

사람은 누구나 평등하다. 사람이 하늘이라는 인내천 사상은 양반들에게 온갖 수모를 당하며 살아온 사람들에게 신선한 충격을 안기며 그들의 마음을 사로잡았다. 동학에 발을 들여놓는 사람은 점점 늘어났고 양반 계급에서는 동학을 탄압할 수밖에 없었다. 종처럼 부리던 사람들이 평등을 주장하며 세를 넓히는 것을 두고 볼 그들이 아니었다. 그러나 똑같은 사람이기를 갈망하는 사람들은 점점 늘어났다. 나라의 탄압 속에서도 동학을 찾는 사람들은 끊이지 않았다.

시간의 흐르면서 손병희의 이름은 동학도교 사이에 널리 퍼졌다.

"손병희 같은 사람이 우리 동학에 들어오니 얼마나 좋아요."

"그러게. 동학에 들어오며 술이며 노름까지 싹 걷어치우고 완전 새사람이 되었어요."

"예전에는 조그만 일에도 불같이 화를 내던 사람이 이젠

옆구리를 쑤셔도 꿈적 안 한다니깐요."

"우리 동학에 손병희 같은 사람이 많아야 합니다. 나는 손병희가 우리 동학을 맡았으면 좋겠어요."

"맡을 만한 인물이지요."

이렇게 동학을 이끌어갈 다음 교주로 점치는 사람까지 있었다.

1889년, 그러니까 손병희가 동학에 발을 들여놓은 지 7년이 지난 어느 날이었다. 청주 감영의 포졸 세 명이 손병희의 조카 손천민의 집에 들이닥쳤다. 손천민을 체포하기 위해 급습한 것이다. 손천민은 어디에도 없었다.

"손천민은 어디 있소?"

"모르겠어요. 그 양반 어디로 갔는지."

손천민은 이미 몸을 숨긴 뒤였다.

"당신이라도 가야겠소."

포졸들은 부인을 연행하기 위해 포박하였다. 손천민의 부인이 밧줄에 꽁꽁 묶였다는 소식을 듣고 손병희가 득달같이 달려왔다.

"힘없는 여인네에게 이게 뭐 하는 짓이요. 당장 밧줄을 푸시오."

손병희가 범눈을 치뜨며 소리쳤다.

"당신이 뭔데 감 놔라 배 놔라 참견이오? 썩 물러나시오."

"나도 동학이요, 잡아가려거든 나를 잡아가시오."

포졸들은 잘 되었다는 듯이 손병희를 묶으려 했다.

"나는 도망가지 않을 테니 포박하지는 마시오. 제 발로 왔는데 설마 도망가겠소?"

"허긴. 자 갑시다."

손병희가 포졸들과 감영으로 가는데 주막이 나타났다. 손병희의 머릿속에 좋은 생각이 떠올랐다.

"여보시오. 점심때도 지났으니 여기서 밥이나 한 그릇 하고 갑시다. 돈은 내가 내리다. 나랏일로 수고가 많은 데 제가 대접하지요."

포졸들은 그렇지 않아도 출출하던 참이라 주막으로 들어갔다.

'이런 미련한 놈을 보았나. 제 발로 들어오질 않나. 밥을 사겠다니 하질 않나. 이거 원.'

'꿩 먹고 알 먹는 거지. 안 그런가?'

'암, 돈까지 지가 낸다니 마다할 이유가 없지.'

손병희는 밥만이 아니라 술까지 대접했고 자신도 거나하게 마셨다.

"자 이제 갑시다. 이러다 날 저물겠어."

포졸 하나가 일어섰다.

"가야지. 자 갑시다."

포졸들이 다 일어섰을 때 손병희는 상에 엎드리며

"잘들 가요."

하고 혀 꼬부라진 소리를 내며 일어설 생각을 하지 않았다.

"어서 일어서지 못하겠소?"

포졸들이 호통쳤지만 손병희는 꿈적도 하지 않았다. 포졸을 골려 주기로 작정한 터였다.

"나는 취해서 도저히 못가니 정 데려가고 싶으면 업고라도 가던가."

결국 포졸 셋은 번갈아 가며 손병희를 업고 감영으로 갈 수밖에 없었다.

거구인 손병희를 업고 가는 일은 쉽지 않았다. 땀을 뻘뻘 흘리며 업고 가던 그들 앞에 마침내 청주감영이 나타났다. 관아 앞에 와서야 손병희는 등에서 내려왔다. 마침 청주감영의 영장이 큰 감나무 그늘에서 쉬고 있다가 손병희를 보게 되었다.

"이놈이 그 손천민이냐?"

포졸이 손천민 대신 손병희를 잡아 온 까닭을 설명했다.

"스스로 자수를 했다, 이 말이지? 왜 자수를 해서 예까지 온 것이냐?"

"동학도들이 무슨 죄를 지어 함부로 체포해 오는지 묻고 싶어 내 스스로 왔소이다."

손병희는 당당하게 되물었다.

"나라에서 금지하는 동학을 믿는 게 죄지. 이보다 더 큰 죄가 어디 있어. 동학 교주와 손천민이 어디 있는지 대거라."

"동학은 사람은 누구나 귀하고 사람답게 사는 도리를 가르치고 있소. 그게 왜 죄가 되는 거요?"

"쓸데없는 소리 말고 어서 그놈들이 어디로 숨었는지 대기나 하라. 그렇지 않으면 너를 처형하겠다."

"어디 있는지 알지도 못하지만 조카 대신 잡혀 온 내가 그걸 불 것 같소? 어서 나를 죽이시오."

"아니 이놈이 여기가 어디라고! 에잇 잡아 오라는 놈은 안 잡아 오고 어디서 불한당 같은 놈을 잡아 왔단 말이냐? 에잇!"

청주 감영장이 손병희를 다구 쳐도 입을 열지 않을 것을 알고 포졸들에게 화를 내며 청사 안으로 들어가 버렸다.

손병희는 청사 안으로 사라지는 청주영장의 뒷모습을 보며 빙그레 웃었다. 포졸들도 그를 풀어 줄 수밖에 없었다.

　이 일로 동학교도는 물론이고 일반 백성들 사이에서도 손병희는 화제의 인물이 되었다.

　나라에서는 계속해서 동학을 탄압하고 이런 구실 저런 구실을 붙이며 동학교도를 괴롭혔다.

　1891년 3월에는 이런 일도 있었다. 동학교도 한영석이란 사람이 청주병사 권용철에게 돈 3천 냥과 황소 한 마리를 빼앗겼다.

　"왜 이러십니까? 제가 무슨 죄를 지었다고 이러십니까?"

　"네가 네 죄를 모른단 말이냐? 나라에서 금지하고 있는 동학을 믿으면서 그런 소리가 나와?"

　이 소식이 손병희의 귀까지 들려왔다.

　"우리 동학교도의 재산을 불법으로 가져갔으니 나도 이제 당신을 불법으로 대하겠소."

　범 눈을 부라리며 달려들자 권용철은 겁을 먹었다. 손병희가 어떤 인물인지 단번에 알아본 것이다.

　"알았소. 내 다 돌려주겠소."

　손병희 덕분에 돈 3천 냥과 황소 한 마리는 한영석에게 되돌아갔다.

그즈음 전 포도대장 신정희의 아들 신일균에 대한 원성이 하늘을 찔렀다. 아버지의 힘을 믿고 동학교도들의 재물을 함부로 빼앗아 갔기 때문이다.

이번에도 손병희가 달려가 신일균을 크게 꾸짖었다. 손병희는 관직의 힘을 믿고 불의를 일삼는 자들을 용서하지 않았다. 그는 늘 힘없는 백성들 편에 서서 의롭게 행동했다. 최시형은 그런 그에게 의암(義菴)이란 호를 지어 주었다.

양반들, 특히 탐관오리의 입장에서 보면 동학은 늘 눈엣가시일 수밖에 없었다. 사람이 하늘이다, 사람은 누구나 똑같다… 이런 사상으로 무장한 동학교도를 그냥 두어서는 앞으로 양반들이 마음대로 종을 부릴 수도 없고 제 마음대로 재물을 갈취할 수 없기 때문이다.

양반들이 나라의 모든 것을 좌지우지하는 조선 시대였으니 나라에서는 그런 동학을 탄압할 수밖에 없는 일이었다. 동학이 주장하는 것은 양반들이 지금까지 누려온 것을 다 내려놓으라는 주장과 같았기 때문이다. 나라에서는 동학교도를 잡아들이며 탄압했지만 이미 불이 붙은 동학의 불길은 쉽게 꺼지지 않았다.

나라의 탄압으로 1대 교주 최제우가 잡혀 순교하고 동학을 믿는 교도들은 드러내놓고 활동할 수 없었지만 지하 조직을 통해 동학에 입도하는 사람들은 늘어났고 그 지역은 점점 넓어지고 있었다.

손병희가 입도한 것은 제2대 교주 최시형 시대였다. 나라에서는 최시형도 체포하려고 눈에 불을 켜고 있었지만 동학교도로 겹겹이 둘러싸인 최시형을 잡아들이는 것은 쉬운 일이 아니었다. 이런 나라의 탄압에도 불구하고 동학교도는 무섭게 늘어났다. 어느새 전국적인 규모의 동학이 되었고 그 세가 수십만에 이르고 있었다.

1892년, 나라의 탄압에 맞선 동학교도들의 항거도 더욱 거세졌다. 나라에서 아무리 억눌러도 동학의 상승세는 수그러들지 않았다. 그만큼 동학사상은 일반 백성들의 마음을 사로잡는 힘이 있었다. 사람답게 사는 것. 백성들은 그걸 간절히 바라고 있었다. 이런 동학교도의 간절한 바람은 동학을 떠받드는 힘으로 자라고 있었다. 힘은 쌓이고 차면 저절로 분출되기 마련이다.

동학교도를 괴롭히는 탐관오리들의 행패가 이미 극에 달해 있었다. 동학은 무능하고 부패한 양반정권과 맞서기로 결정했다. 정면 대결로 동학의 주장을 관철하려 했던 것이다.

"우리 동학이 어째서 서역에서 들어온 천주교보다 못한단 말이오?"

"양반들이 자기들 힘을 못 쓰게 할까 봐 천주교와 야소교(예수교)의 포교를 허락하면서도 우리 동학은 여전히 혹세무민이네, 이단이네, 하면서 포교를 못 하게 하지."

양반 세력에 대한 불만은 곪을 대로 곪아 있었다.

1892년 동학은 삼례에서 집회를 가지기로 최종 결정을 내렸다.

손병희는 삼례 집회를 성공적으로 이끌기 위해 분주하게 움직였다.

"우와 동학도들이 이렇게 모이다니 수천은 되겠소."

삼례로, 삼례로 동학교도들은 앞다투어 모여들었다.

"수천이 뭐요, 수천이! 보세요. 수만 명입니다."

"그러게."

삼례 집회에서 동학교도들은 먼저 28년 전에 혹세무민1의 죄명으로 참형을 당한 1대 교주 최제우의 죄를 백지화

---

1 혹세무민(惑世誣民): 세상 사람들을 속여 정신을 홀리고 세상을 어지럽힘.

해 달라고 요구했다. 이 교조신원운동2은 동학은 자유스러운 포교활동을 요구한 것이었다. 이 삼례집회는 동학 최초 대규모집회였다. 손병희는 삼례 집회를 앞에서 이끌었다. 그만큼 교주 최시형의 절대적인 신임을 얻고 있었다.

동학교도의 간절한 소망을 담은 〈교조신원〉을 나라에서는 받아들이지 않았다. 동학을 인정해선 안 된다는 선비와 유생들의 상소도 계속 조정으로 올라갔다. 큰 성과 없이 끝난 삼례 집회였다. 그러나 동학은 삼례집회를 통해 자신감을 얻었다.

"우리 동학은 마음만 먹으면 수천수만은 동원할 수 있는 힘이 있어."

"암, 당연하지. 삼례에 모인 사람들 봤지?"

"그래. 그 생각을 하면 지금도 가슴이 설레고 신나. 우리가 거기서 외쳤잖아. 원하기만 하면 우린 언제나 모일 수 있어."

---

2 교조신원운동(敎祖伸寃運動): 1864년(고종 1) 동학 교조 최제우가 처형당한 뒤, 동학교도들이 그의 죄명을 벗기고 교조의 원을 풀어 줌으로써 종교상의 자유를 얻기 위해 벌인 운동.

큰 성과 없이 끝난 것 같았지만 이 삼례집회는 동학교도들에게 큰 자부심을 안겨주었다.

그런데 나라를 향한 투쟁을 두고 동학 지도부에서는 갈등이 이어지고 있었다.

"우리의 힘을 보여주려면 힘으로 맞서야 합니다. 평화적인 시위만으로는 효과를 낼 수 없어요."

"폭력도 불사하겠다는 겁니까?"

"필요하면 무력도 써야지요."

"안 됩니다. 우리 동학 시위는 어디까지나 평화적인 시위가 되어야 합니다."

"암요, 종교인다운 평화시위로 나가야 합니다. 비폭력 시위로 나가야 해요."

무력도 불사한다는 폭력 주장을 내세운 쪽은 서인주·서인학 등 남접 두령이었고 비폭력을 주장하는 사람들은 해월 최시형·김연국·손천민 북쪽 두령이었다.

이런 양쪽의 주장은 늘 팽팽하게 맞섰는데 특히 교주인 최시형이 비폭력을 주장했기 때문은 동학의 북쪽 세력들은 비폭력 쪽으로 뜻을 모으고 있었다. 그러나 삼례 집회의 자신감과 여전히 동학을 무시하는 양반 세력을 향한 불만은 비폭력 온건파들의 마음도 조금씩 변하고 있었다.

삼례집회가 열렸던 그다음 해(1893년) 1월 손병희는 서울 광화문 앞으로 나가 복합상소3운동을 지휘하였다. 손병희가 이 일에 앞장설 수 있었던 것은 최시형의 절대적인 지지 때문이었다. 서인주·서병학처럼 과격하지 않았고 김연국·손천민처럼 대가 약하지도 않은 점을 높이 평가한 것이다. 최시형은 건강이 좋지 않아 광화문 복합상소에 나서지 못했다. 그러나 광화문 복합상소도 큰 성과 없이 끝나고 말았다. 동학에 대한 조정의 인식이 그만큼 완강했던 것이다.

"모두 집으로 돌아가 하던 일에 종사하도록 하라. 그러면 그 소원대로 이루어질 것이다."

복합상소 3일째 되는 날 고종은 왕실의 관리를 통해 이런 전교4를 동학교도들에게 내렸다.

"집에 가 있으면 우리의 소원을 들어주겠다는 뜻이지요?"

"나도 그렇게 들었소만."

"우리가 해냈군요."

---

3 복합상소: 여러 사람들이 모여 대궐 앞에서 임금에게 글을 올리는 일이나 그 글을 이르던 말.
4 전교(傳教): 예전에, 임금이나 그 비가 명령을 내리는 일이나 그 명령을 이르던 말.

그러나 나라에서는 약속을 지키지 않았다. 더욱 거칠게 동학을 탄압하였다. 나라의 명에 따라 포졸들이 집으로 가려는 동학교도를 잡아들이기 시작했다. 왕의 전교는 속임수였다.

최시형의 뜻을 따라 온건파에 속했던 손병희는 나라의 이런 처사에 마음을 바꾸지 않을 수 없었다. 최시형도 크게 분노하였다.

나라의 속임수로 광화문 교조 신원이 실패로 끝나고 서울로 올라갔던 교도들까지 체포당한 데다 관헌들의 약탈은 더욱 심해졌다.

광화문 복합상소가 끝나고 얼마 지나지 않은 1893년 3월 중순, 최시형의 명을 받은 동학교도 3만여 명은 다시 보은 장내로 모여들었다. 〈척왜양창의5〉 5자를 새긴 깃발을 휘날리며 보름 동안 시위를 벌였다.

척왜양창의. 이 깃발에서 알 수 있듯이 일본 세력이 나라 깊숙이 침투하여 왕은 이미 허수아비 같은 신세로 전락했고 서양 세력들도 호시탐탐 우리 땅을 노리고 있었다. 나라의 권세가들이 일본의 눈치를 보며 그들의 앞잡이 노릇을

---

5 척왜양창의(斥倭洋倡義): 일본과 서양 세력을 배척하여 의병을 일으킨다는 뜻으로 동학교도들이 보은집회에서 처음으로 부르짖었다.

할 때 동학도들은 평화적인 시위를 하며 나라를 지킬 뜻을 분명히 한 것이다.

이 보은집회의 시위는 우리 역사상 최초의 평화적 시위로 손병희는 이 집회에서 충의대접주로써 확실한 지도력을 보여 주었다. 3만여 명을 흐트러짐 없이 질서를 잘 지킬 수 있도록 지도하여 시위에 참가하지 않는 일반 백성들에게까지 깊은 인상을 심어 주었고 동학교도들에게는 '손병희는 뭔가 다른 사람이다. 보통 사람이 아니야.'하는 확실한 믿음을 심어 주었다.

이 보은집회의 규모에 놀란 조정은 급히 보은 군수를 현지에 급파하여 동학교도들을 해산시키려 했다.

"우리 동학도가 무슨 잘못을 했는지 말해 보시오. 이 땅에서 왜와 서양 세력을 물리치고 나라를 지키고 일으키자는 게 뭐가 잘못되있소?"

"억울하게 돌아가신 분의 죄를 백지화해 달라는 게 뭐가 잘못이오?"

보은 군수는 동학교도들의 거센 반발에 제대로 대답하지 못하고 물러나야 했다.

"저대로 두면 이 나라의 안위가 위험합니다. 군사를 보내어 저들을 해산시켜야 합니다."

"전하 청나라 군사에게 도움을 청하는 게 하여 주십시오."

조정에서는 연일 동학을 해산시키기 위한 회의가 열렸다. 그러나 보은으로 보낼 병력이 부족했고 청나라도 나라의 파병 요청을 받아주지 않았다. 결국 호조참판(戶曹參判) 어윤중을 선무사6로 임명하고 보은으로 내려보냈다.

선무사 어윤중의 중재로 동학교도들은 해산하였다. 이때 동학교도들이 지목한 탐관오리의 대표 인물, 감사 조병식, 영장 윤영기 등이 처벌받았다. 나라에서 동학의 주장을 일부 받아들인 결과였다.

조정의 무마책으로 해산하였지만 동학교도의 사기는 하늘을 찌르고도 남을 정도였다. 동학이 일반 백성과 힘을 모아 큰일을 해낼 수 있다는 사실을 증명했기 때문이다. 그 중심은 최시형과 손병희였다.

일단 보은집회는 해산되었지만 조정이나 양반 세력들은 동학이 더 커지는 것을 크게 두려워하였다. 동학교도를 무조건 붙잡아갔다.

---

6 선무사(宣撫使): 조선 시대, 큰 재해나 난리가 일어났을 때 민심을 가라앉히고 주민을 안정시키기 위해 왕명을 받고 파견되던 관리.

못된 관리들은 기회를 기다렸다는 듯 동학교도들을 괴롭
혔다. 조그마한 것이라도 있으면 빼앗아 가기 위해 눈에 불
을 켜고 달려들었다. 동학교도가 아닌 사람들도 약탈당하
기는 마찬가지였다. 못된 관리들은 없는 죄까지 뒤집어씌
우며 재물을 빼앗아 갔다.

"아이구 아닙니다. 난 동학이 아닙니다. 난 아니에요."

"이놈 어디서 말대답이야? 더 경 쳐야 정신을 차릴 놈이
군."

탐관오리들의 극심한 토색질은 동학을 모르던 백성들을
오히려 동학으로 모는 꼴이 되었다.

"차라리 동학이 되자. 어차피 죽을 목숨 동학에 힘이라도
보태주자."

백성들은 더 동학으로 모여들었다. 탄압하면 할수록 동
학이 더욱 번져나갔다.

7. 동학농민혁명

　조선의 곡창지대인 전라도 지방은 농민들을 괴롭히는 양반들이 많기로 유명한 지역이었다. 그 당시 고부 군수인 조병갑도 둘째라면 서러워할 정도도 악명 높은 탐관오리였다. 그는 부임하자마자 백성들을 들볶으며 각종 세금으로 농민들을 갈취했는데 여러 가지 이름을 붙인 세금이며 온갖 구실을 다 붙여 백성들의 재물을 거두어갔다. 그 원성이 극에 달할 수밖에 없었다.

　극에 달한 백성들의 분노를 마침내 동학교도를 중심으로 터져 나왔다. 1894년 2월 10일, 전봉준이 김도삼·정익서·최경선 등과 함께 전라도 정읍 땅 고부에서 봉기하였다. 지역 농민들은 농민군이 되어 관아를 습격하였다. 고부 군수 조병갑은 눈치 빠르게 줄행랑을 놓아 놓치고 말았지만 불법으로 걷어간 수세미1를 찾아내어 농민들에게 돌려주었

1 수세미(水稅米): 벼농사에 쓰인 물값으로 거두어들이는 곡식.

다. 이날의 고부 봉기는 한국 역사상 최초의 농민혁명으로 이어진 역사적 봉기였다.

　고부 봉기의 소식은 바람처럼 빠르게 사방으로 퍼졌고 동학에 가담하려는 사람들은 사방에서 모여들었다. 동학농민군의 수는 순식간에 눈덩이처럼 불어났다. 그만큼 벼슬아치들에 시달리던 사람들에게 고부 봉기의 소식은 신선한 충격이었다.

　"가자! 우리도 가서 힘을 보태서 나쁜 벼슬아치를 혼내고 외국 세력도 이 땅에서 몰아내자"

　고부 봉기의 소식을 들은 조정에서는 곧장 전라도로 관군을 내려보내어 동학농민군을 진압하기로 했다. 그러나 관군만으로 농민군을 무찌르기는 어림없는 일이었다. 사방에서 모여든 사람들로 농민군의 숫자는 눈덩이처럼 불어났고 사기는 충천해 있었다. 동학군이 밀고 올라오면 서울도 무너질 것 같은 위기감이 조정을 불안하게 했다.

　"전하, 통촉하옵소서. 동비2들이 이 나라의 근간을 흔들

---

2 동비(東匪): 동학 무리라는 뜻으로 초기에는 동학난, 동비의 난으로 불렸다.

고 있습니다. 우리 관군의 힘만으로는 도저히 저 도적들을 이길 수 없습니다."

"그러하옵니다. 청에 군사를 청하도록 윤허해 주시옵소서."

마침내 청나라 군대가 이 땅으로 내려왔다.

"청나라 군사가 조선으로 발을 디뎠다, 이거지? 그럼 우리 일본군도 조선으로 가야지."

일본군은 자국 국민을 보호한다는 구실을 앞세워 조선으로 들어왔다. 이미 일본은 조선을 침범할 기회를 노리고 있었다. 청나라 군대와 맞붙을 준비를 일본은 이미 하고 있었다.

이미 조선에 큰 영향력을 가지고 있던 청나라와 신흥대국을 꿈꾸는 일본은 조선에서 맞붙는다. 주도권을 빼앗기지 않으려는 청나라와 늙은 대국을 허물어뜨리고 조선을 삼키려는 일본. 결국 이 땅에서 전쟁을 벌이고 만다. 이게 '청·'일 전쟁이다.

청·일 전쟁에서 승리를 거둔 일본은 조선에서 활개 치기 시작한다. 눈엣가시였던 청나라가 물러가자 사사건건 내정 간섭을 하며 영향력을 키워나갔다. 일본은 현대화된 무기로 우리 관군을 압도했다.

동학농민군이 싸워야 할 상대는 관군만이 아니라 일본군과도 싸워야 했다. 동학농민군과, 관군과 일본의 연합군의 싸움은 치열했다.

처음, 동학농민군의 싸움은 전봉준을 중심으로 한 동학 남접 사람들의 싸움이었다. 최시형·손병희가 속한 북접 사람들은 무력을 앞세운 남접의 투쟁 방법을 반대하는 입장이었다. 북접 지도부는 동학농민군과 관군 일본군과의 싸움을 지켜만 보고 있었다.

그러나 싸움의 상대가 관군만이 아니라 일본까지 가세하자 북접 지도부는 마음을 바꾸었다. 전봉준의 남접을 도와 일본군을 몰아내야 한다는 의견이 점점 힘을 얻기 시작한 것이다. 일본이 동학을 몰아내고 나면 조선 전체도 일본의 영향력 아래 있게 될 거란 것을 북접 지도부도 우려한 것이다.

최시형의 신뢰를 받는 손병희는 남접을 도와야 한다고, 기회가 있을 때마다 주장해 왔다.

"우리 북접도 이대로 있을 수만은 없습니다. 남접의 우리 동학도들이 일본군의 총 앞에서 쓰러지고 있습니다. 남접이 지면 일본은 우리 조선을 차지하려 할 것입니다. 우리도 나서야 합니다. 남접의 전봉준 동지를 도와 우리도 싸워야 합니다. 이제 우리가 맞서 싸워야 할 상대는 일본군입니다."

마침내 평화적 투쟁을 주장하던 교주 최시형의 마음이 바뀌었다. 일본군을 물리치지 못하면 나라 존위가 위태롭다고 인식한 것이다.

"우리도 군사를 일으켜 남접을 도웁시다. 함께 싸워서 일본군을 물리치고 조선을 저들의 손에서 지켜나갑시다. 그게 백성의 뜻이라면 함께 싸워야 합니다. 나갑시다."

1894년 9월 최시형은 북접의 모든 두령들은 청산에 모이라는 명을 내렸다.

"손병희, 그대가 우리 북접의 통령이 되어 앞장서 지휘하시오."

손병희는 이렇게 북접의 동학 통령으로 임명되었다. 충청도 각 고을에서 달려온 동학농민군으로 군대를 조직한 손병희는 군대를 이끌고 논산에서 전봉준을 만났다.

"어서 오시오, 손 동지 고맙소이다."

"전봉준 동지 그동안 수고하셨습니다. 이제 우리가 돕겠습니다."

뜨거운 악수를 나누고 그들은 곧 의형제를 맺었다. 그들은 단번에 마음이 통했다. 전봉준이 형이 되고 손병희가 아우가 되어 같은 막사에서 함께 지내는 형제가 되었다.

동학농민군은 남접 북접을 합치며 수가 많아졌고 사기는 하늘을 찌를 듯했지만 신식 무기로 무장한 일본군의 상대가 되지 않았다. 그해 10월 우금치 싸움에서 크게 패한 동학농민군은 관군과 일본군에 쫓기는 신세가 되어 사방으로 흩어져야 했다.

일본군은 쫓기는 동학농민군을 잔혹하게 학살했으며 조정의 체포령으로 숨을 곳이 없게 샅샅이 뒤지며 체포해갔다.

쫓기던 전봉준마저 전라도 순천 땅 피노리에서 체포되며 동학농민혁명은 대장정의 막을 내려야 했다.

우금치에서 크게 패한 동학농민군은 사방으로 흩어질 수밖에 없었다. 쫓기는 그들을 향해 관군과 일본군은 겹겹이 포위하여 다가왔다. 손병희도 교주 최시형과 얼마 되지 않은 농민군과 함께 관군과 일본군이 없는 곳을 찾아 도주해야 했다. 그들은 손병희의 지시대로 포위망이 약한 곳을 찾으며 계속 탈출을 시도했다.

이렇게 하면서 손병희가 지휘하는 농민군은 간신히 청산 지방으로 빠져나왔다. 손병희가 입은 두루마기에 수십 군데 탄환 맞은 자리가 있었지만 노랗게 옷만 탔을 뿐 몸은 건드리지 않고 비켜 지나갔다. 사람들이 모두 놀라서 두루마기를 만져보기도 했다.

보은으로 농민군이 이동할 때였다. 한 농민군이 조용히 손병희에게 다가와 말했다.

"통령님, 지금 통령님의 가족들이 이 근처에 계시다고 합니다. 잠시 만나보시는 게 좋지 않겠습니까?"

그 말에 손병희는 대뜸 결연한 태도로 못을 박듯 말했다.

"지금 가족을 그리워하지 않는 사람이 어디 있으며 이 난리를 겪으며 가족의 안부가 궁금하지 않은 사람이 어디 있겠소? 모두 부모 형제들이 어떻게 되었는지 알지 못해 궁금해하는데 어찌 나 혼자 가족들을 만난단 말이오?"

손병희는 마음만 먹으면 가족들을 만날 수 있었음에도 만나지 않았다. 이 말을 전해 들은 농민군들을 감동했고 더욱 손병희를 믿고 따랐다.

"역시 우리 통령님은 훌륭하신 분이야. 저만 아는 양반들하고는 다르다니까."

"암, 대단한 분이시지. 우리 동학을 이끌어갈 양반이라니까."

손병희 부대는 청산을 지나 보은 북실에서 관군을 물리치며 계속 나아갔다. 그러나 충주에서는 관군에 크게 패하여 손병희 부대는 또 사방으로 흩어지며 도주해야 했다. 손병희가 쫓기다 한숨을 돌렸을 때는 교주 최시형조차 보이지 않았다.

"스승님 죄송합니다. 죄송합니다. 제가 더 바짝 스승님 곁에 있어야 했는데."

손병희는 크게 통곡하며 자신의 부족함을 한탄하였다.

"아무리 쫓기는 몸이라지만 스승님을 제대로 모시지 못하다니 앞으로 스승님을 만나면 무슨 낯으로 스승님을 뵐꼬!"

그러나 한탄만 하고 거기 머물 수는 없었다. 동학농민군을 체포하기 위해 관군은 시시각각으로 포위망을 좁혀오고 있었다.

"통령님, 한시라도 빨리 이곳을 떠나야 합니다. 위험합니다. 일단 이곳을 피해서 스승님을 찾아봅시다. 어두운 지금 떠나야 합니다."

홍병기·이승우·최영구·임학선 같은 두령들이 손병희의 마음을 위로하며 떠나기를 재촉했다. 손병희는 입술을 깨물며 어두운 밤길을 걸어 월정사로 향했다. 그나마 믿음직한 두령들이 살아남아서 불행 중 다행이었다.

어두운 밤길이지만 맘 놓고 걸을 수 있는 상황은 아니었다. 언제 어디서 관군이 불쑥 총을 들이밀며 나타날지 알 수 없었다. 아니나 다를까 그들은 다시 관군의 공격을 받고 가까스로 산골짜기로 몸을 피했다. 하마터면 어둠 속에서 목숨을 잃을 뻔했다.

손병희는 산골짜기 어두운 곳에서 지친 몸을 쉬기 위해 눈을 감았다. 남접을 돕기 위해 논산에서 전봉준을 만난 일이며 우금치에서 일본군에게 패해 쫓기고 쫓긴 나날들… 그런 와중에도 일반 백성들이 동학에 보낸 성원들… 눈시울이 뜨거워졌다.

'일본군만 아니었어도 이 나라를 동학이 원하는 나라로 만들 수 있었는데….'

눈을 감고 이런저런 생각에 빠져있던 손병희는 뜨거워진 눈시울을 손등으로 누르고 나서 눈을 떴다. 그런데 이게 뭘까. 그의 눈앞으로 한 줄기 빛이 나타났다. 그 빛은 뭔가를 안내하듯 한 곳을 가리키는 듯했다.

손병희는 자신도 모르게 그 빛을 따라 걷기 시작했다. 아무 생각도 나지 않았다. 마치 꿈을 꾸듯, 진공상태에 갇힌 사람처럼 몸만 앞으로 나아갔다. 얼마나 걸었을까.

'아니!'

손병희는 소리 없는 비명을 질렀다.

"스승님!"

손병희의 눈앞에는 믿을 수 없는 사람이 앉아 있었다. 해월 최시형. 쫓기는 와중에 행방이 묘연했던 교주 최시형이 혼자 바위 위에 가부좌를 틀고 눈을 감고 있었다.

"스승님! 스승님!"

손병희는 울부짖으며 바위 위로 올라가 최시형을 끌어안았다.

"죄송합니다. 죄송합니다. 이제 절대 스승님 곁을 떠나지 않겠습니다."

손병희는 눈물을 머금고 동학농민군의 해산을 선포해야 했다.

"그동안 수고 많았소. 더 이상 함께 움직이다가는 더 위험해질 수 있으니 이제부터 각자 살길을 도모하며 후일을 기약합시다. 나는 스승님을 모시고 떠날 것이오."

1894년 12월 24일. 찬바람을 맞으며 농민군의 해산을 명하는 손병희 음성은 침통했다. 결국 동학농민군은 성공하지 못하고 이제 뿔뿔이 흩어져야 하는 것이다.

손병희는 최시형을 모시고 길을 떠났다.

"강원도로 가는 게 낫겠습니다. 관군의 추격이 누그러질 때까지 거기서 숨어 지내야 하겠습니다."

그들 일행은 묵묵히 걸어 나갔다. 조카 손천민, 친동생 손병흠, 김연국, 홍병기, 임학선이 손병희와 최시형을 뒤따랐다.

관군과 일본군의 추격은 끈질겼다. 특히 일본군의 잔혹한 학살은 30여만 명의 농민군을 처참하게 처형했다. 농민군이 숨어들었던 곳은 관군과 일본군에 의해 어디나 쑥대밭이 되었다. 곳곳마다 농민군의 시체가 산을 이루었고 그들이 흘린 피가 이 땅을 붉게 물들였다

피노리에서 체포된 전봉준이 교수형으로 처형되자 관군과 일본군은 북접 지도부를 찾는 데 혈안이 되어 있었다.

최시형, 손병희는 이리저리 피신하며 숨어 지냈지만 더는 숨을 곳이 없음을 느끼기 시작했다. 추격군의 발길이 점점 좁혀오고 있었다.

1899년 봄, 최시형은 손병희, 김연국, 손천민과 마주 앉았다.

"잘 듣게. 자네 세 사람에게 우리 동학의 모든 것을 넘기려고 하네. 세 사람이 힘을 합하면 못 할 일이 없을 거야. 뿐만 아니라 이 중에 또 중심을 잡아줄 대표가 있어야 하니 그건 의암이 맡도록 하세."

최시형이 손병희를 3대 교조로 임명한 것이다.

손병희, 김연국, 손천민은 최시형의 지시에 따라 각자 맡은 일을 열심히 하는 중에 최시형이 관군에게 체포되는 일이 벌어졌다. 1898년 4월 강원도 원주에서 관군에게 체포당한 최시형은 7월 18일 한성 감옥에서 교수형에 처한다. 71세 최시형은 그렇게 세상을 떠났다. 1대 교주 최제우처럼 최시형도 동학을 위해 목숨을 바친 것이다. 손병희, 손천민, 김연국은 울음을 삼키며 서울로 숨어 들어갔다. 여전히 동학에 대한 박해가 심해 얼굴을 들고 스승의 시신을 요구할 수 없는 현실이었다. 간신히 스승의 시신을 찾아 경기도 광주의 상하산에 사람들 몰래 장사 지내고 다시 몸을 숨겨야 했다. 관군의 추격이 계속되고 있었기 때문에 한시도 마음을 놓을 수 없었다.

8. 충청도 출신 갑부 이상헌

　동학의 뿌리를 완전히 뽑으려는 관군의 추격은 끈질겼다. 전국 곳곳에 숨어 있던 동학교도 수천 명이 체포되어 목숨을 잃었고 손병희에게 큰 힘이 되었던 조카 손천민마저 체포되어 끌려갔다. 관군의 눈길을 피하면서 손병희는 무너진 동학을 다시 일으켜 세우기 위해 있는 힘을 다했다. 거기다가 일본과 러시아의 힘 대결이 조선에서 벌어지고 있었다. 청나라와 일본의 대치 같은 위험한 상황이 다시 이 땅에서 벌어지기 시작한 것이다. 조정은 다시 일본에 기대어야 한다, 아니다 러시아에 붙어야 이 나라 안전하다 하며, 당을 짓고 있었다.

　조선의 운명은 바람 앞의 촛불처럼 위태롭게 돌아가고 있는데도 벼슬아치들은 자기 몫을 빼앗기지 않기 위해 상대를 비방하며 외세의 앞잡이 노릇을 하는데 급급해 있었다.

　손병희는 나라 안팎의 사정을 보며 혼자 생각할 때가 많았다. 동학교도를 끝까지 잡아들이려는 조정의 위협도 위협이지만, 나라를 떠나있으면서 나라를 위해 해야 할 일이 무엇인지 생각해 보는 건 어떨까, 하는 생각을 자주 했다.

그전에도 미국으로 나가 세계 문물을 직접 둘러볼 계획을 세웠지만 김연국의 반대로 뜻을 이루지 못했었다. 그러나 이제는 더 미루어서는 안 된다고 생각했다.

'여기서 숨어 지내면서는 아무것도 할 수 없다. 우선 일본으로 가서 세계가 어떻게 돌아가는지, 일본이 우리나라를 삼키려는 힘이 무엇인지, 우리 동학이 앞으로 어떻게 해야 이 나라에 기여할 수 있는지를 연구해 보자. 동학을 조선만의 동학이 아니라 세계의 동학으로 발전시키려면 먼저 세계를 알아야 할 것이다. 우선 미국으로 가자. 더 큰 세상에서 우리 조선을 바라보자.'

손병희는 여러 번 생각했고 치밀한 계획을 세웠다.

동생 손병흠, 제자 이용구와 우선 원산을 거쳐 부산에 도착했다. 부산에서 미국으로 가는 배를 알아보았으나 미국행 배는 찾을 수가 없었다.

"일본에서는 미국 가는 배가 많을 거야. 우선 일본으로 가세."

손병희 일행은 일본으로 떠났다. 손병희 대신 이상헌이란 이름을 썼다. 본명을 사용했다가는 분명 조선 조정의 방해 공작이 있을 것이고 일본도 동학의 괴수라며 체포할 게 뻔했기 때문이다.

일본에서 지내는 동안 여비는 바닥이 났다. 손병희는 손병흠과 이용구를 조선으로 보내 미국 가는 여비를 마련해 오도록 했다. 그러나 그렇게 마련한 돈도 미국까지 가기는 턱없이 부족했다.

"안타깝지만 할 수 없지. 미국 대신 일본에 머물며 일본의 신문물도 배우고 일본의 본심이 무엇인지도 파악하기로 하자."

결국 그들 일행은 일본의 여러 도시를 다니며 조선에서 보지 못한 새로운 문물을 직접 보았고 일본에 와 있는 국내 인사들도 만나 나라의 장래를 의논하였다.

손병희는 중간에 잠깐 조선으로 돌아오기도 했지만 1906년 1월 귀국할 때까지 4년 동안 이상헌, 이규완, 손시병 같은 가명을 사용하며 일본에서 활동했다.

손병희는 일본에 머물면서도 미국으로 가는 꿈을 포기하지 않았다. 1901년에는 중국 상하이로 건너가 미국으로 가는 배를 알아보기도 했다. 상하이에 머무는 동안 그는 중국의 혁명가 쑨원[1]을 만나 마음을 주고받았다.

---

1 쑨원(손문孫文): 중화민국의 정치가(1866~1925). 자는 이셴(일선逸仙), 호는 중산(中山)이다. 삼민주의(三民主義)를 제창하고 신해혁명 후에 임시 대총통으로 추대되었으나, 위안스카이(원세개袁世凱)에게 정권을 양보하고 일본으로 망명하여 중화 혁명당을 조직하였다.

일본의 손길은 이미 중국까지 미치고 있었다. 중국에 망명해 있던 애국지사들이 하나둘 잡혀 조선으로 끌려가고 있었다.

'중국도 안심할 곳이 못 되는구나. 어제도 우리 지사가 조선으로 끌려갔다지? 중국 관리 중에도 우리 조정의 부탁을 받고 애국지사를 붙잡는 일에 협조하는 사람이 있어.'

손병희는 서둘렀다. 언제 체포되어 조선으로 끌려갈지 모르기 때문이다.

'내가 여기 있다는 것을 조선 조정은 알고 있을 것이다. 차라리 조선으로 돌아가 동학 접주들과 다음 일을 도모해 보자.'

손병희는 서울로 돌아와 마포에 은거하며 동학의 교세를 확장해 나갔다. 그러면서 다시 일본으로 들어갈 준비를 했다.

"외국에 나가 보니 우리나라 문물이 다른 나라에 비해 크게 뒤져 있소. 우선 젊은 인재들을 일본으로 데리고 가서 교육을 시켜야겠소."

손병희는 동학교도의 자제 중에서 우수한 인재를 선발하여 유학생 24명을 선발하고 그들과 함께 일본으로 건너갔다. 이어서 1904년 3월에 40명이나 되는 유학생을 일본으로 불러들였다. 유학생 62명에게 선진문명을 배우고 익혀 나라의 힘을 더하려는 것이었다. 한국 문학의 선구자로 꼽히는 춘원 이광수도 그때 건너간 유학생이었다.

손병희는 일본에 머물며 오세창, 권동진, 박영효 같은 망명 지사들과 교우관계를 가졌지만 가명을 사용했고 거부 행세를 했기 때문에 아무도 그가 손병희라는 것을 모르고 있었다.

"조선에서 온 이상헌이라는 자가 아주 통이 크다지요?"

"그렇습니다. 저도 한 번 만난 일이 있는데 어찌나 시원시원한지 남자 중의 남자지요. 그 눈빛은 어찌나 부리부리한지."

"조선 땅 충청도의 갑부라지요?"

"그렇답니다. 쌍두마차를 타고 도쿄 거리를 활보한답니다."

"아이구 아직 이상헌에 대해 잘 모르는군요. 쌍두마차도 이용하지만 요즘은 자동차를 구입했답니다."

"네 조선 사람이 그렇게 부자입니까?"

"네. 생기기도 잘 생겼습디다. 키가 훤칠하고 눈이 얼마나 빛나던지요."

"허긴 인물이야 우리 일본 사람보다 조선 사람들이 더 좋지요."

일본 사람도 쉽게 탈 수 없는 쌍두마차에 자동차까지… 손병희는 단연 도쿄의 화제 인물로 떠올랐다. 손병희는 이처럼 자신을 철저히 숨기면서 자신을 선전해 나갔다. 조선에서 짚신을 삼으며 검소하게 지내던 손병희는 일본 사람들의 시선을 끌기 위해 일부러 사치스런 사람처럼, 갑부처럼 행세하고 다녔다. 일본 정보기관을 속이기 위한 고도의 전략이었다.

손병희에 대한 소문을 들은 사람 중에 일본의 이토 히로부미도 있었는데 그는 손병희를 잘 알아두면 조선에서의 활동에 큰 도움이 될 것이라 생각했다. 이토 히로부미. 그는 훗날 안중근에게 저격당한 인물로 조선 침략에 앞장선 인물이었다.

'이상헌이라… 조선인인 주제에 도쿄 거리를 설치고 다닌다지? 어떤 인물인지 내가 직접 만나봐야겠군. 어떤 마음으로 우리 일본에 온 것일까? 조선인이 일본 사람보다 호화롭게 지낸다는데 만나서 어떤 사람인지 알아보리라. 우선 겁부터 줘야지.'

이토 히로부미는 철저히 준비하고 손병희를 초대했다.

손병희는 이토 히로부미가 조선 침략을 은밀히 준비하고 있는 실력자라는 것을 모르지 않았다.

　'이놈, 이토 히로부미. 네 놈을 알면 너희 일본의 속셈을 더 자세히 알 수 있을 것이다. 암 가고말고.'

　이상헌은 이토 히로부미의 저택에 도착했다. 이토 히로부미의 저택은 정문부터 무장 순사2들이 즐비하게 서 있었다. 거만하고 딱딱한 그들 표정은 감히 네가 어딜 들어와. 하듯 잔뜩 겁을 주고 있었다. 이토 히로부미가 손병희의 기를 초반에 꺾으려고 동원된 순사들이었다. 손병희는 눈 한 번 깜박하지 않고 어깨를 쫙 펴고 순사들의 눈총을 무시하며 저택 안으로 들어갔다. 거만하기 그지없는 걸음이었다. 순사들은 저택 안에도 가득했다. 잘 꾸며진 정원을 보고도 그는 본척만척 조금도 감탄하지 않았다. 손병희는 이미 이토 히로부미의 속셈을 다 간파했던 것이다.

　'미련한 놈아, 대한의 손병희가 이 정도에 기죽을 줄 알았지? 어림도 없다.'

---

2 무장 순사: 일제 강점기, 경찰관의 최하위 계급.

저택 실내에서는 이토 히로부미가 손병희의 일거수일투족3을 내다보고 있었다.

'아하 저놈 보통 놈이 아니구나. 여간 배포 큰 놈이 아니야. 조선에도 저런 자가 있었단 말이지?'

"어서 오시오, 이상헌 선생."

이토 히로부미가 저택 안으로 안내했고 손병희는 태연하게 악수를 한 다음 이토 히로부미가 준비한 술자리에 마주 앉았다.

"우리 술을 마시며 우정을 다져 봅시다. 예로부터 영웅들은 술을 좋아하고 잘 마셨지요. 나도 술이라면 자신 있어요. 이 선생은 어떻습니까?"

"저도 잘하는 편입니다."

'건방진 놈! 오늘 네 놈의 콧대를 꺾어주마.'

이토 히로부미는 속으로 코웃음을 쳤다.

두 사람은 술을 마시며 이런저런 이야기를 나누었다. 그런데 시간이 지나면서 이토 히로부미의 자세가 흐트러지기 시작했고 혀도 꼬부라졌다.

---

3 일거수일투족(一擧手一投足): 손 한 번 들고 발 한 번 옮긴다는 뜻으로, 크고 작은 동작 하나하나를 이르는 말.

"자 한 잔 더 하시지요."

"하하하 좋소이다. 이 선생도 잘하는구먼."

이토 히로부미는 그 잔을 마시고 술상 위에 엎드려 버렸다. 완전히 취한 것이다. 그러나 손병희는 끝까지 꼿꼿하게 앉아 있었다.

이튿날 늦어서야 이토 히로부미는 정신을 차렸다.

"내가 취했나 보군."

"그렇습니다. 그렇게 취하신 모습 처음 봅니다."

이토 히로부미의 집사가 공손히 말했다.

"조선 사람은 언제 나갔소?"

"나리가 쓰러지신 후에도 술과 음식을 더 달라고 해서 마시고 일어섰습니다. 하나도 흔들림이 없이 꼿꼿하게 나가셨습니다."

"하하, 내가 동양 제일인 줄 알았는데 조선에 그런 자가 다 있었군. 이상헌, 그놈 보통 놈이 아니군."

충청도 갑부 이상헌이 이토 히로부미와 술 내기에서 이긴 이야기는 빠르게 도쿄의 정치인 사이로 퍼져 나갔다.

"하하하 정말입니까? 이토 히로부미 보다 술이 더 센 자가 나타났단 말이지요?"

"그렇다니까요. 그것도 일본이 아니고 조선 사람이라 하지 않습니까."

"오호 조선 사람 중에도 그런 사람이 있단 말이지요?"

"그렇답니다. 조선에도 그런 사람이 있대요. 조선을 깔보던 이토 히로부미의 코가 납작해졌지 뭡니까."

도쿄 정치인 사이에 이상헌이란 이름은 강한 인상을 남겼다. 그 이상헌이 손병희인 줄은 조선에서 건너온 사람조차 모르고 있었다.

그러던 어느 날이었다. 마차를 타고 도쿄 거리를 지나던 손병희는 화들짝 놀라며 마차를 세우고 마차에서 내렸다.

"영친왕 전하가 아니십니까?"

손병희는 공손히 인사했다. 조선에서 온 영친왕. 고종의 일곱 번째 아들로 이토 히로부미에 의해 유학이라는 명분으로 일본에 인질로 잡혀 와 있었다.

"Who are you?(누구세요?)"

조선인 비서가 영어로 물었다. 손병희가 벌떡 화를 내었다.

"너는 도대체 어느 나라 사람이냐? 조선의 왕족을 모시는 조선 사람이 조선말을 놔두고 영어를 쓰다니. 정신이 있는 게야, 없는 게야? 너 같은 사람이 있으니 우리 조선이 이렇게 된 거야."

조선인 비서의 얼굴이 붉어지며 어쩔 줄 몰라 했다. 그 모습을 보며 영친왕이

"내 잘못이오. 이 사람을 나무라지 마시오. 내가 대신 사과 하리다."

라고 말했다.

영친왕은 한눈에 손병희의 사람됨을 알아보았다.

"우리 따로 만납시다."

영친왕은 손병희와 비밀리에 만나 동학에 대해 들었고 비밀 입교식을 통해 동학교도가 되었다.

손병희가 화제를 뿌리며 다니는 동안 일본 정부는 은밀히 이상헌에 대한 뒷조사를 시작했다. 그러나 막강한 정보력을 가진 일본 정부도 이상헌, 손병희의 실체를 알아내지 못했다.

9. 동학에서 천도교로

손병희가 아직 일본에 머물고 있을 때 조선에서는 러·일 두 나라 사이에 전쟁이 기운이 감돌고 있었다. 조선을 삼키려고 두 나라의 충돌이었다. 일본에서 이런 소식을 듣는 손병희는 가슴이 아팠다. 청·일 전쟁 때처럼 우리나라는 또 두 나라의 싸움터가 되어 죄 없는 백성들이 고생할 게 불을 보듯 뻔하기 때문이었다.

'어느 나라가 이기든 우리나라는 결국 그 나라에게 모든 것을 빼앗길 게 뻔하다. 그럴 바엔 차라리 이기는 나라에 힘을 보태 우리는 그 덕을 볼 수 있게 해야 한다.'

손병희는 일본이 이길 것으로 내다봤다, 그렇다면 일본 편에 붙는 게 우리나라를 위해 유리하다고 판단했다. 그리하여 일본군에 1만 원이란 거금을 기증했다. 이 일로 손병희는 훗날 오래도록 사람들의 입방아에 오르며 많은 오해를 받고 만다.

친일파 손병희, 일본군에 거금을 바치다… 사람들은 이렇게 그를 매도했다. 잘못된 판단이 부른 지을 수 없는 실책이었다.

'이게 다 우리나라가 국제 정세를 제대로 파악하지 못하고 교육을 제대로 하지 못한 탓이다. 우리 동학부터 모든 걸 다시 시작하자. 다시 힘을 모아 뭔가를 할 수 있는 힘을 만들어야 한다. 천주교도 예수교도 나라가 인정하는 데, 우리 동학은 여전히 탄압을 받고 있다. 우리 동학을 근대적인 종교로 탈바꿈시켜서 나라가 인정하는 종교로 거듭나야 한다. 동학이란 이름을 쓰면 조정의 눈총을 받을 것이고 거부감을 가진 백성들도 있을 것이야. 동학, 이름부터 바꾸어야 한다.'

손병희는 동학을 천도교로 탈바꿈시키기 위해 발 빠르게 움직였다. 동학이 근대 종교로 탈바꿈하려면, 그래서 조선 백성의 마음을 사로잡으려면 강력한 뭔가를 보여줄 필요가 있다고 생각했다.

- 모든 동학교도는 상투를 잘라 머리를 짧게 깎고 편하게 검은 옷을 입도록 하시오.

천도교는 20만 회원에게 이런 명을 내리고 국민계몽운동을 펼치기 시작했다. 갑진년에 일어난 이 운동, 바로 갑진개화운동(甲辰開化運動)이다. 머리를 짧게 깎는 단발령은 사람은 모두 평등하다는 사상을 담고 있고 검은 옷 흑의(黑衣)는 일하는 옷을 대표하는 것으로 노동은 신성하다는 것을 나타내려 했다. 모든 백성, 양반까지도 자신의 의식주를 노동을 통해서 얻어야 함을 표현한 것이다.

이런 국민계몽운동을 효과적으로 진행하기 위해 만들어진 단체가 바로 진보회였다. 손병희는 신임하는 제자 이용구에게 진보회의 운영을 맡겼다. 그러나 진보회 회장 이용구는 믿는 도끼에 불과했다. 음흉한 욕심을 숨기고 손병희의 신임을 얻은 교활한 기회주의자에 불과한 인물이었다. 조선 정부가, 진보회가 동학에서 출발한 단체라는 것을 알아채고 탄압하기 시작하자 그는 재빨리 타개책을 모색하기 시작했다. 그때 찾아온 이가 송병준이었다. 송병준. 그는 친일파 이완용에 버금가는 친일 매국노로 일본 정부의 후원을 받고 친일 단체 일진회를 조직한 매국노였다.

"이보게 혼자 애쓸 것 없네. 동학이 아무리 힘을 쓰려해도 지금은 일본을 이길 수 없네. 우리 일진회는 일본 정부가 밀어주는 단체요. 진보회와 일진회를 합쳐요. 그러면 당신도 일본을 등에 업고 출세하는 거요."

기회주의자 이용구의 머리는 빠르게 돌아갔다.

'그래. 의암 스승을 배신하는 거지만 이제 동학은 수명을 다했어. 이제 일본에 붙는 수밖에 없어.'

결국 이용구는 동학단체 진보회를 일진회로 넘기고 말았다.

두 단체를 합친 후 송병준은 교묘하게 일진회를 선전하는데 열을 올렸다.

"우리 일진회는 동학의 정신을 이어받은 단체입니다. 동학의 정신으로 무장한 합법적인 단체로 일본도 어쩌지 못하는 단체란 말입니다."

이 속임수에 동학교도들을 속아 넘어갈 수밖에 없었다. 많은 동학교도가 일진회에 가입했다.

러시아와 일본의 힘겨루기는 1905년 러·일 전쟁으로 폭발했고 일본의 승리로 끝났다. 송병준과 이용구는 일본 편에 붙어 성명서를 내놓았다.

- 우리 일진회는 일본의 조선 보호를 찬성한다.

친일 단체 일진회가 이런 성명을 발표하자 일본은 기다렸다는 듯이 11월 17일 을사늑약[1]을 맺고 무력을 앞세워 맺고 우리나라의 외교권을 빼앗아 갔다.

---

1 을사늑약(乙巳勒約): 1905년에 일본이 한국의 외교권을 빼앗기 위하여 강제적으로 맺은 조약

"아니, 일진회가 동학신으로 무장했다더니 어찌 일진회가 친일로 돌아섰단 말인가?"

"그럼 일본에 맞서던 동학마저 일본 편에 붙은 것이야?"

"일본군에 무수히 죽어간 우리 동학교도는 헛된 죽음을 한 건가?"

동학교도만이 아니라 국민들 사이에서도 날 선 비판이 이어졌다.

"이럴 수가!"

"세상에!"

진보회의 이용구가 부린 농간을 알지 못하는 사람들은 분통을 터뜨렸다. 동학을 욕하는 소리가 전국으로 퍼져 나갔다. 그 소문은 일본으로 건너가 손병희의 귀에까지 들어갔다. 일본 신문에서도 일진회가 일본의 조선 통치를 찬성한다는 기사가 대문짝만하게 실렸다.

손병희는 급하게 이용구를 일본으로 불러들였다.

"도대체 어쩌자고 진보회를 일진회로 통합시켰으며 일본이 조선을 보호한다는 걸 찬성하는 보호 선언은 도대체 뭐냐? 왜 그런 엄청난 일을 저지른 거야? 제정신인 게야?"

이용구는 손병희의 마음을 미리 알고 온 듯 태연하게 대답했다.

"선생님 이제 우리나라는 우리 스스로 우리나라를 지킬 힘이 없습니다. 일본의 강한 힘이라도 빌어 우리나라를 보호해야 하지 않겠습니까? 그래야 독립을 유지할 수 있지요."

"일본의 보호를 받아야 독립을 유지할 수 있다고?"

"네 선생님. 선생님도 일본에 계셨으니 일본의 힘을 잘 알 것 아닙니까."

"이런 정신머리하고는! 보호를 받는 독립이 어째서 독립이야? 네 귀에는 나라를 팔아먹은 매국노란 소리가 들리지 않는 거냐?"

손병희가 이런저런 말로 타일러도 이미 이용구의 마음은 완전히 돌아서 있었다.

'아! 내가 사람을 잘못 보았구나. 어쩌자고 이런 음흉한 놈에게 동학의 책임을 맡겼던고! 도저히 안 되겠다. 서둘러 새로 시작하는 수밖에 없다.'

손병희는 결단을 내렸다.

'더 늦기 전에 동학을 바꾸어 새롭게 만들자.'

1905년 12월 1일. 손병희는 동학을 천도교라 이름을 바꾸어 선포하고 새로운 민족 종교의 걸음을 시작했다.

민족 종교 천도교 창건 소식은 곧 서울에서 발행하는 신문을 통해 알려졌다. 〈제국신문〉과 〈대한매일〉에 대대적인 광고가 실렸기 때문이다. '천도교 대도주 손병희'의 이름으로 나온 이 광고는 두 신문에 각각 15회에 걸쳐 실렸다. 이제 동학처럼 숨어 다녀야 하는 동학이 아니라 천도교란 민족 종교로 새출발한다는 것을 만천하에 알린 것이다.

동학은 천도교라는 광고가 버젓이 실렸음에도 나라에서는 아무런 조치를 취하지 않았다, 나라가 묵인한 셈이다. 동학이 종교 단체임을 표방하자 나라에서도 탄압할 구실이 없어진 것이다. 천주교도 기독교도 신앙의 자유를 얻고 있었다. 아무리 천도교가 동학에서 출발했다 하더라도 종교 단체를 선언한 천도교를 탄압할 수는 없는 일이었다.

동학교도들은 크게 기뻐했다.

"그동안 동학 주문을 외우는 것도 잡혀갈까 봐 마음 놓고 못 했는데 이제 마음 놓고 주문을 외게 되었어요."

"이런 세상이 올 줄 꿈도 못 꾸었는데."

"모든 사람이 평등하게 대접받는 세상도 오겠지요?"

"그럼요. 올 겁니다."

일본 신문에도 천도교조 손병희 이야기가 실렸다. '조선 갑부 이상헌이 동학 교조 손병희였다.' 이 기사를 읽고 그동안 손병희에게 속았던 일본인들은 가슴을 치고 혀를 찼다.

손병희는 서둘러 귀국 준비를 했다. 동학의 우두머리로 숨어 지내야 했는데 이제 그럴 필요가 없어진 것이다. 1906년 1월 5일 손병희는 권동진·오세창과 함께 서울로 돌아왔다. 4년여의 긴 망명 아닌 망명 생활을 마치고 고국으로 돌아온 것이다. 권동진·오세창은 훗날 천도교 지도부로 활동했으며 독립선언서에 이름을 올리게 된다. 이용구가 배신하며 매국노가 되었지만 손병희는 또 새로운 동지들을 만난 것이다.

손병희의 귀국길에는 4만여 명의 천도교인과 수많은 국민이 길거리로 나와 그의 귀국을 환영했다.

손병희는 천도교의 재건을 위해 새로운 간부를 임명하고 정비를 새롭게 하며 「천도교 대헌(大憲)」을 반포하였다. 천도교 대헌은 총 36장과 부록으로 이루어진 천도교 성문법전이다.

천도교의 정비에 바쁜 나날을 보내면서도 손병희는 사랑하는 제자였던 이용구의 마음을 돌리기 위해 최선을 다하고 있었다. 그러나 이용구는 이미 권력의 달콤한 맛에 깊숙이 빠져있어서 손병희의 말을 귀담아듣지 않았다. 아무리 손병희라지만 일제의 힘이 더 세고 그 힘이 영원하리라 생

각한 것이다. 마음을 바꾸기는커녕 손병희에 대한 악담을
하고 다녔으며 천도교 사람들을 몰래 만나며 자기편으로
만들고 있었다.

'도저히 마음을 바꿀 놈이 아니구나. 이제 더 이상 이용
구의 마음을 바꾸려고 애쓰지 않겠다. 나를 증상모략하고
우리 천도교를 흠집 내려고 별 별짓을 다 하고 다닌다니…
고얀 놈 같으니라고. 내가 반년 안에 굶어 죽을 거라는 말
까지 하고 다니는 고얀 놈!'

손병희는 마침내 마음 아픈 결정을 내렸다, 1906년 9월
17일 천도교는 이용구를 포함해서 62명에게 출교 처분을
내렸다. 출교의 이유는 천도교의 대헌과 종령의 위반 그리
고 친일 매국 행위 등이었다.

62명의 출교로 천도교는 큰 타격을 받았지만, 더 큰 파
멸을 막기 위해 파렴치한 손발을 미리 잘라낸 것이다. 이용
구 같은 지도급 인사들도 다수 포함되어있었다.

62명을 출교하고 나자 천도교의 운영은 아주 어려워졌
다. 천도교의 재산들을 모두 초창기부터 도인들의 힘을 모
아 이루어진 동산과 부동산이었다. 그런데 그 재산들이 이
용구 같은 출교자의 이름으로 되어 있었기 때문에 출교당한
그들은 천교도의 재산을 움켜쥐고 내놓으려 하지 않았다.

더구나 그들은 대개 친일파였다. 그들 뒤에 일제 통감부2 가 있어서 그들을 비호하고 있었다.

손병희는 지방을 다니며 교인들을 위로하고 설교하며 천도교의 중흥에 힘쓰는 한편 이용구 일당의 거짓 선전에 속지 않도록 힘을 썼다.

이용구, 송병준 일파의 방해에도 불구하고 천도교의 교인은 점점 늘어났다. 이용구 송병준 일파도 가만있지 않았다. 그들도 시천교라는 종교 단체를 급히 만들고 선전에 열을 올렸다.

"우리 시천교가 동학의 정신을 이어받은 진짜 민족 종교요. 우리가 동학의 정통성을 살려 나갈 것이오."

시천교도 신문광고를 내며 대대적인 홍보에 나섰기 때문에 사람들은 천도교와 시천교 중에 어느 게 동학의 정통을 이어받았는지 가려내기가 쉽지 않았다. 가짜가 더 설치고 광고로 사람들의 마음을 훔쳤기 때문이다. 그러나 사람들

---

2 일제 통감부: 1906년 2월 설치되어 1910년 8월 주권의 상실과 더불어 총독부가 설치될 때까지 4년 6개월 동안 한국의 국정 전반을 사실상 모두 장악했던 식민 통치 준비기구.

은 점차 어느 쪽이 진실인지 알아갔다, 가짜는 아무리 요란하게 광고해도 오래가지 못하는 법이기 때문이다.

이용구 일파가 천도교 재산까지 모두 거두어 가 버리자 천도교의 살림은 궁핍할 수밖에 없었다. 집세는 물론이고 교주까지 외상 쌀로 하루하루를 연명해야 했다.

"우리 재산을 찾아야 합니다. 정말 이용구의 말대로 반년도 못 버티고 죽을 것 같습니다."

천도교의 지도부에서는 여간 걱정이 아니었다.

"너무 걱정 마시오. 나에게 묘안이 있소."

손병희가 생각해 낸 것은 성미였다.

"우리가 동학을 할 때 동학교도들이 성미를 보내 주어서 큰 군자금으로 만든 것 잊었소?"

성미(誠米)는 종교인들이 끼니를 지을 때마다 한 숟갈씩 모아 두었다가 교단에 바치는 쌀이다. 동학농민혁명 때 동학도들이 모아 보낸 쌀이 동학 살림에 큰 보탬이 됐던 것이다.

성미를 모은다는 이야기가 전해지자 교도들은 즐거운 마음으로 성미를 모으기 시작했다.

"매국노 이용구가 송병준의 말을 듣고 우리 동학을 배신했다지요?"

"우리는 그것도 모르고 의암 선생을 욕했어요."

"잘 되었어요. 그런 매국노가 더 있었다면 더 큰 일을 냈을 사람이요."

"일본 놈들에게 딱 붙은 그놈 이용구가 얼마나 잘 되는지 두고 볼 것이요."

성미 운동으로 큰 쌀이 모아졌다. 개인적으로 부담이 되지 않으면서 십시일반3이 큰 힘이 되었던 것이다. 이 성미로 천도교는 큰 고비를 무사히 넘겼다.

손병희는 일찍부터 출판과 언론에 큰 관심을 가지고 있었다. 신문과 책이 국민들을 계몽하고 문화적 품격을 높이는 데 효과가 크다는 것을 일본에 머물며 체험했기 때문이다. 일본에서 돌아오며 인쇄 시설을 챙겨 가져온 것은 그런 생각을 했기 때문이다.

손병희는 먼저 출판사 박문사를 1906년 2월 27일에 설립하고 「황성신문」과 「대한매일신보」에 천도교가 박문사를 설립한다는 광고를 냈다.

---

3 십시일반(十匙一飯): 열 사람이 한 숟가락씩 밥을 보태면 한 사람이 먹을 만한 양식이 된다는 뜻으로, 여럿이 힘을 합하면 한 사람쯤은 도와주기 쉽다는 것을 비유적으로 이르는 말.

박문사는 5개월 후 보문관으로 이름을 바꾸며 활발한 출판사업에 나섰다. 훗날 독립선언서에 33인의 한 사람으로 이름을 올린 홍병기를 사장으로 영입하는 등 출판사업에 힘을 기울였다. 이 보문관은 다시 창신사로 이름을 바꾸었고 천도교가 보성고등보통학교4와 보성전문학교를 운영하는 보성학원을 인수하게 되자 보성사 인쇄소와 합쳐져 보성사가 되었다. 보성사는 바로 3·1혁명 때 독립선언서를 인쇄한 그 보성사이다.

1906년 6월 17일 손병희는 신문 「만세보」를 창간한다. 만세보는 한자에 한글 토를 달아 한자를 모르는 사람도 읽도록 한 신문으로 친일 단체인 일진회를 비판하는 등 신문의 성격을 뚜렷이 하여 독자들의 호응을 얻었다. 「만세보」는 우리나라 신문연재 소설로는 처음인 이인직의 『혈(血)의 누(淚)』를 연재하여 화제를 모으기도 했는데 고종도 이 신문을 읽고 격려금으로 내탕금 1천 원을 하사하였다.

조선통감부와 친일내각을 비판하며 국민들의 사랑을 받았던 「만세보」였지만 경영난에 부딪혀 1907년 6월 29일

---

4 고등보통학교(高等普通學校): 일제 강점기, 보통학교를 졸업한 우리나라 학생을 대상으로 중등 교육을 실시하는 4~5년제의 학교를 이르던 말.

종간호를 내며 폐간되었다. 1년을 가까스로 넘기며 293호에서 종지부를 찍은 것이다.

신문 등을 통해 천도교가 친일 단체인 일진회와 다르다는 것을 거듭 알려 천도교의 운영이 어느 정도 안정되자 손병희는 1907년 8월 김연국에게 대도주의 자리를 넘겼다. 최시형에게 동학의 대도주의 자리를 물려받은 지 10년, 천도교로 바뀐 지 1년 9개월 만이었다.

구암 김연국. 그는 최시형이 의암 손병희, 송암 손천민과 함께 동학의 3대 지도자로 지목한 바로 그 사람이다. 손천민이 관군에게 체포되어 이미 세상을 떠났기 때문에 대도주의 자리가 김연국에게 넘겨진 것이다.

손병희와 김연국 사이는 좋은 편이 아니었다. 손병희가 대도주가 된 것에 대해 불만을 품고 있었다.

이용구와 송병준이 손병희와 김연국 사이를 이간질하며 김연국을 시천교로 끌어가려는 낌새를 손병희는 벌써부터 눈치채고 있었다. 이용구의 배신으로 큰 상처를 입었는데 3암의 한 사람, 최시형 전교주의 신임을 얻던 김연국마저 친일 세력으로 넘어가게 놔두어선 안 될 일이었다.

'구암까지 이용구의 손에 넘어가 친일 세력이 된다면 나

중에 하늘에 가 무슨 낯으로 해월 스승님을 뵐 수 있단 말인가.'

손병희 고민은 깊어졌다. 구암을 끌어안아 이용구에게 가지 못하도록 하기 위해서라도 그에게 대도주 자리를 넘겨야 했다.

구암 김연국은 대도주가 된 다음에도 마음을 굳게 지키지 못했다. 이용구는 집요하게 유혹하며 김연국의 마음을 흔들었다.

"시천교로 오세요. 지금 대도주라고 하지만 구암 선생 맘대로 할 수 있는 게 뭐가 있습니까? 여전히 의암 그늘에서 그와 함께하는 거잖아요. 자리만 대도주지 여전히 의암이 다 장악하고 있잖아요. 우리 쪽으로 오세요. 우리 뒷배는 일본입니다. 시천교에서 뜻을 펴보세요. 시천교 최고 자리인 대례사(大禮師)로 취임해 주세요."

결국 구암 김연국은 친일의 무리속으로 들어가고 만다. 이용구에 이어 또 한 번 큰 배신. 손병희는 다시 큰 충격을 받았다.

'동학의 정신으로 뭉쳐 같은 밥을 먹던 사람들이 어찌 그럴 수 있단 말인가. 어떻게, 어떻게….'

구암 김연국은 3암, 세 사람 중에서 가장 먼저 해월을 스승으로 모신 동학의 핵심 인물이었기 때문에 대도주 자리는 자신이라고 생각하고 있었는데 해월이 손병희를 지명하자 낙심하여 손병희와 사이가 멀어진 사람이기도 했다. 대도주 자리까지 양보하면서 그를 배려했지만 그는 끝내 등을 돌렸다. 손병희는 한동안 충격에서 벗어나지 못했다.

시천교로서는 손병희에 맞설 수 있는 구암을 영입하며 대대적인 선전을 시작했다.

"동학의 정통인 구암 김연국이 우리 시천교 대례사가 되었다. 모두 시천교로 모이시오."

시천교는 김연국을 내세워 천도교도들을 끌어가려고 대대적인 선전을 시작했다. 그러나 생각보다 김연국에게로 간 천도교인은 많지 않았다. 오히려 김연국을 비난하는 성명을 내며 천도교에 남을 뜻을 확실히 했다.

손병희는 천도교의 분열을 막기 위해 쉴 틈이 없었다. 뿐만 아니라 식민지국으로 전락해 가는 나라의 국민정신을 일깨우기 위해 평안도와 황해도 등 여러 곳을 다니며 사람들을 만났고 강연을 했다.

10. 나라를 살리는 교육의 힘

손병희는 일본에 머무는 동안 언론과 교육의 힘이 얼마나 대단한지를 알았기 때문에 기울어가는 나라, 일본에 빼앗긴 나라를 바로 세우는 길을 교육에서 찾고자 했다.

그는 우선 경영난으로 어려움을 겪고 있는 보성전문학교, 동덕여학교, 보창학교, 양명학교, 창동학교 등 20여 사립학교에 매달 후원금을 지원하였다. 신도들이 꾸준히 모아 보내주는 성미가 천도교의 큰 힘이었다.

손병희의 교육 사업 중 손꼽을만한 업적은 20여 사립학교 지원도 있지만 현 고려대학교의 전신인 보성전문학교를 살려낸 일이다.

보성학원(普成學園) 재단은 고종 때의 대신 이용익이 세운 보성고등보통학교, 보성전문학교를 운영했다. 친러파인 이용익은 한일의정서 조인에 반대하여 일본으로 납치되기도 하고 을사늑약에 반대하여 일본헌병대에 갇혔다가 풀려나 러시아로 망명했는데 1907년 그곳에서 사망했다. 암살당했다는 소문도 파다했다.

이용익 대신 그의 손자 이종호가 보성학원 재단을 맡았지만 그 역시 항일 인사로 지목되며 구금당했다가 해외로 떠나며 보성학원 재단은 주인은 잃고 존폐 위기를 맞고 있었다.

손병희는 어떻게 해서든 보성학원 재단이 문을 닫아서는 안 된다고 생각했다. 그러나 많은 부채까지 있는 보성학원 재단을 인수할 사람은 어디에도 없었다. 결국 천도교가 보성학원 재단을 인수하였다. 보성학원 재단을 인수하여 보성고등보통학교와 보성전문학교를 키워나가는 동안에도 우리나라의 정세는 빠르게 변해가고 있었다. 일본의 침략 정책이 점점 노골적으로 드러나면서 우리 국민을 괴롭히는 일제의 압박은 더욱 가혹해지고 있었다.

우리나라 독립투사들의 저항도 만만치 않았다. 국내에서 활동할 수 없게 되자 해외로 몸을 피하며 일본에 대항하고자 여러 가지로 고군분투하고 있었고 국내의 의병 활동도 일제의 불을 켠 색출작업에도 끝없이 터지며 일제를 괴롭혔다.

탄압과 회유를 일삼는 동안에도 우리나라의 깨어있는 지식인들은 일제의 눈을 피하며 독립선언의 준비를 하고 있었다. 일제의 감시는 더 심해졌지만 손병희 주변의 사람들은 은밀히 만나며 일제에 대항할 거사를 의논하고 있었다. 손병희는 나라의 독립을 위하는 일이라면 목숨도 아끼지 않고 거들었다. 독립운동 자금도 수없이 지출되었다.

보성사 사원들도 비밀결사대를 만들어 손병희의 독립운동을 적극 지원했다. 일제는 손병희 주변 사람들은 밤낮으로 감시했지만 그들은 잠을 줄이며 손병희를 도왔다.

일제의 만행이 계속되는 가운데 제1차 세계 대전(World War I)이 터졌다. 제1차 세계 대전은 1914년 7월 28일부터 1918년 11월 11일까지 일어난 유럽을 중심으로 한 세계 대전이다. 전 세계의 경제를 두 편으로 나누는 거대한 강대국들 동맹끼리의 충돌이다. 대영제국, 프랑스, 러시아 제국의 연합국에 맞선 독일 제국과 오스트리아-헝가리 제국이 있는 동맹국이다.

연합국의 승리로 끝난 이 전쟁은 사망자가 가장 많았던 전쟁 중 하나로 병사 900만 명 이상이 사망했다. 사망자는 병사만이 아니라 무고한 시민들도 셀 수 없이 희생되었다.

- 전쟁으로 인명 피해가 너무 심했다.

- 다시는 이런 참사가 일어나지 않아야 한다.

　- 이런 참혹한 일이 일어나지 않도록 방법을 생각해 봐야 한다.

　이런 주장들이 세계 여기저기서 터져 나오며 1919년 1월 프랑스 파리에서 세계평화를 위한 파리 강화 회의가 열렸다. 여기서 미국의 윌슨 대통령은 그 민족의 문제는 그 민족 스스로 결정해야 한다는 민족 자결주의(民族自決主義)를 발표하였다. 어떤 민족도 다른 민족의 간섭을 받을 수 없다는 내용의 이 민족자결주의는 우리처럼 강대국의 식민지로 있던 여러 약소민족에는 매우 반가운 소식이었다.

　이 소식은 우리나라에도 전해져 독립을 꿈꾸는 국민들에게 큰 응원이 되었다.

　'우리도 힘을 모아 일본에 맞설 수 있다는 것을 세계만방에 알려야 한다. 더 늦기 힘을 모아 우리의 절실한 마음을 세계에 알리자.'

　손병희는 더 늦출 수 없다는 절박감을 느꼈다.

　'우리가 뭉친 힘을 과시하면 일본도 세계 여러 나라의 눈치를 보지 않을 수 없을 것이다.'

　손병희는 가만히 눈을 감고 앞으로 다가올 모습을 상상해 보았다. 삼천리 방방곡곡에서 태극기가 휘날리고 대한 독립 만세를 목이 터져라 외치는 흰옷 입은 사람들이 눈에 보이듯 선명하게 나타났다.

'때가 왔어. 더 미루어서는 안 돼.'

손병희는 두 주먹을 불끈 쥐었다.

1919년이 새해가 밝았다. 그즈음 손병희를 찾는 이들이 발길이 잦아지고 있었다. 그들은 일제의 눈을 피해 3·1 독립운동을 논의하기 시작한 것이다. 모일 때마다 사람들의 얼굴엔 비장한 긴장감이 흘러나왔다.

1월이 채 끝나지 않은 어느 날 일본에서 돌아온 유학생 송계백이 중앙고등보통학교 숙직실에서 교사 현상윤을 만났다. 그 자리에는 교장 송진우도 있었다.

"선생님 도쿄 유학생들이 독립선언을 하려고 비밀리에 추진하고 있습니다. 이게 도쿄 유학생의 초안한 독립선언서입니다."

현상윤과 송진우는 최린과 최남선을 만나며 조선에서도 독립 시위를 벌이기를 구체적으로 모의하기 시작했다. 그들은 조선의 유명 인사를 은밀히 만나며 독립선언서에 서명할 뜻을 타진했으나 반응은 차가웠다. 그러는 동안 시간만 자꾸 흘러갔다.

"안 되겠습니다. 더 이상 저들에게 기대를 걸 수 없습니다. 독립선언서에 서명했다가 경찰에 잡혀갈 것을 걱정하고 있어요."

민족 대표는 가능한 각계각층 많은 사람이 참여하는 게 좋지만 지도급 인사의 마음을 얻는 것은 생각보다 훨씬 더 어려웠다.

"더 이상 시간을 끌 수 없습니다. 운신의 폭이 넓은 종교계 인사들로 민족 대표를 구성하는 게 어떻습니까? 일본도 종교계 인사들을 함부로 하지는 못할 겁니다."

"좋은 생각입니다. 종교계 인사를 탄압하면 세계적인 지탄을 받을 겁니다. 가만있기야 않겠지만 일반 사람보다는 덜 압박할 겁니다."

민족 대표를 선정하는 문제로 지체하다가 방향을 바꾸자 모든 일은 빠르게 진행되었다. 그 중심에 천도교 손병희가 있었다. 손병희는 벌써부터 독립운동 자금을 모으고 있었기 때문에 일본에서 날아온 정보는 큰 힘이 되었다.

독립선언을 위한 준비는 일본 도쿄와 서울에서 은밀하면서도 치밀하게 하고 있었다.

2월 8일. 일본 도쿄 조선 YMCA 회관으로 조선 유학생들이 모여들었다. 그들이 얼굴은 한결같이 긴장되어 있었다. 오후 2시. 유학생 600여 명은 조선청년독립단이란 이름으로 독립선언서를 낭독했다. 일본의 조선 병탄[1]을 강렬하게 규탄하며 일본이 동양평화를 해치고 있음을 크게 나무랐다. 한글, 영어, 일본어로 된 독립선언서였다.

이 소식은 국내로 바로 전해졌고 우리 국민들에게 큰 자극과 힘을 주었다.

조선에서 독립선언서를 준비하는 발길로 더 빨라졌다.

손병희·오세창·권동진·최린·이종일 등은 독립선언을 위해 숨 가쁘게 움직였다.

손병희는 기독교, 불교를 비롯한 다른 종교 지도자들과도 은밀히 만나며 거국적인 독립운동이 되도록 힘썼다. 흥미로운 것은 매국노로 불리는 이완용을 이용하는 것도 효과적인 방법이라 생각하고 그의 조카인 이희구를 데리고 이완용의 집으로 간 사실이다.

---

1 병탄(併呑): 남의 재물이나 영토, 주권 따위를 강제로 제 것으로 만듦.

손병희는 자신의 뜻을 전하며 함께 하기를 권했으나 이완용은 고개를 흔들었다.

"하하하 내 걱정을 해서 여기까지 온 모양인데 나는 이미 2천만 동포들에게 나라를 팔아먹은 놈으로 낙인찍힌 지 오래오. 독립 만세운동이 성공하면, 그래서 독립이 된다면 모두 나를 때려죽이려 하겠지요. 아니 우리 동네 사람들에게 먼저 맞아 죽을 것입니다. 성공해서 내가 맞아 죽게 되기를 바라겠소."

이완용은 매국의 오점을 씻어낼 절호의 기회를 제 발로 차 버렸다. 다행이라면 이 일을 밀고하지 않았다는 점이다.

1919년 1월 22일 서울에서 울음소리가 터져 나왔다.

"전하께서 갑자기 승하하셨답니다."

"아이고 이 일을 어쩐담!"

"일본 놈들의 등쌀에 고초를 겪다가 좋은 세상을 보지 못하고 세상을 뜨시다니."

조선 제26대 왕, 고종 황제. 대한제국이란 이름으로 나라의 이름이 바뀌며 대한제국 초대 황제였던 임금이 갑자기 세상을 떠났다는 총독부의 발표는 모든 국민을 아연실색2하게 만들었다.

일본의 지배를 막으려다 폐위당하는 수모를 당하며 아들 순종에게 황제 자리를 내주고 일제가 국권을 침탈하는 모습을 지켜봐야 했던 고종. 덕수궁에 갇혀 지내다시피 했던 조선의 불운한 왕은 차가운 겨울, 조선의 운명처럼 차디차게 숨을 놓은 것이다.

"이렇게 갑자기 세상을 떠나시다니."

"일본 놈들이 암살한 게 분명해."

"일본 놈들이, 뇌일혈로 돌아가셨다 하는데 그걸 믿으라고?"

"독살당한 게 틀림없어요."

흉흉한 소문이 서울 장안을 휩쓸며 전국으로 퍼져 나갔다. 서울의 학생들은 검은 상장3을 달고 동맹휴교에 들어갔다.

독립 만세를 준비하던 사람들은 다시 은밀히 만났다. 같은 장소에서 정기적으로 만나면 감시하는 일본 형사의 감

---

2 아연실색(啞然失色): 뜻밖의 일에 몹시 놀라 낯빛이 변함.
3 상장(喪章): 상중에 있음을 나타내거나 조의를 표하기 위하여 옷깃이나 소매 따위에 다는 표찰.

시에 잡힐 수도 있기 때문에 모임 장소는 자주 바뀌었다. 이번 모임 장소는 천도교가 운영하는 보성고등보통학교의 교장인 최린(崔麟)의 집이었다. 이승훈, 최남선, 한상윤 등이 얼굴을 맞댔다.

"지금 온 국민이 울분에 차 있소. 전 국민의 울분 힘을 독립 만세운동으로 승화시키는 것이오. 우리 천도교만의 만세 운동이어서는 안 됩니다. 기독교, 불교 쪽에선 뭐라고 답을 보내왔습니까?"

"이제 때가 무르익었습니다."

그런데 문제는 만세 운동에 필요한 자금이었다.

기독교 쪽에선 평안북도 정주의 장로교회의 장로인 이승훈을 중심으로 독립운동에 대한 논의가 활발하게 이루어지고 있었다, 목사며 장로들이 비밀스럽게 모여 독립운동에 대한 논의를 했지만 자금 문제에서 늘 어려움을 겪고 있었다. 천도교, 기독교, 불교와 연합 운동을 벌이는 마당에서도 또 자금이 문제였다.

이승훈은 손병희에게 거사비용 5천 원을 빌려 줄 것을 요청한 일이 있었다. 천도교도들이 성미를 보내 주고 있지만 5천 원은 거금이었다. 일제의 감시로 천도교의 은행 예금이 동결된 상태였다.

5천 원 이야기가 있던 이튿날 최린이 손병희를 찾아왔다.

"드릴 말씀이 있어 왔습니다."

최린은 뭔가 머뭇거리는 듯하면서도 결심한 듯했다.

"어제 이승훈 장로가 돈 부탁을 하지 않았습니까?"

"그랬지. 5천 원만 해 주십사 했지."

"다시 부탁해 왔습니다. 3천이라는 해 줄 수 없는지 하고…."

손병희는 아무 말도 하지 않고 지그시 눈을 감고 있었다.

"3천이라도 해 드려서 우리의 성의를 보이는 게 좋지 않을까, 생각합니다만."

"어렵게 말을 꺼냈겠지…."

손병희가 어렵게 입을 열었다.

"네 그래서 성의라도 보이는 게…."

"5천 원 다 보내도록 하시오. 그쪽에서 오죽 급했으면 우리에게 그런 부탁을 했겠소. 춘암(춘암 박인호)에게 연락해 놓을 테니 돈을 받거든 바로 이승훈 장로 쪽으로 보내도록 해요. 우리와 기독교만이 문제가 아니라 온 민족의 일이오. 기밀이 새지 않도록 조심하고."

"네 알겠습니다."

독립운동을 해 나가면서 천도교 측은 매번 거사자금을 부담했다. 기독교 측에 빌려준 돈 말고도 해외로 보낸 돈도 여러 번이었다. 독립을 위한 자금이라면 거절하는 법이 없는 손병희였다.

독립운동의 준비를 착착 진행되었다. 독립선언서의 문안은 최남선이 맡았다.

"절대 비폭력 무저항주의로 뜻으로 작성한다는 것 잊지 말고요."

손병희는 비폭력 운동으로 나가야 함을 다시 강조했고, 최남선은 고개를 끄덕였다.

마침내 선언문이 완성되었다.

선언문이 완성되고 오랜 논의 끝에 대표자 인선도 끝났다.

1919년 2월 27일 밤. 최린의 집4에는 기독교 측 인사인 이승훈, 함태영, 불교계 인사 한용운. 개인 자격으로 최남선이 모였다.

---

4 최린: 이날 장소를 제공했던 최린은 33인의 한 사람으로 3·1운동에 적극 참가했으나 나중에 변절해 친일파로 돌아선 인물이다. 1919년 3·1운동에 준비단계에서부터 참여하여, 천도교와 기독교의 연합을 이룰 수 있게 하는 등 중요한 역할을 했고 일본 경찰에 체포되어 옥고를 치르다가 1921년 12월 가출옥하여 1932년 천도교 신파의 대도령이 되었다. 1933년 말 대동방주의를 내세워 일제에 협력할 것을 공개적으로 밝혔다. 6·25전쟁 때 납북되었다.

"오시느라고 수고했습니다. 오늘 가장 꼭 중요한 일은 독립선언서에 서명하는 순서를 어떻게 정할까, 하는 문제입니다."

천도교 측인 최린 교장이 입을 열었다. 기독교 측 인사들과 접촉하며 기독교 측과 연합하는데 가장 애쓴 사람이 최린 교장이었다.

"가나다순으로 하는 게 어떨까요?"

"그러면 우리 천도교에서는 스승과 제자 순서가 바뀔 수 있어서 보기가 그렇습니다."

여러 가지 이야기들이 오가는 가운데, 처음 자리는 손병희가 되어야 한다는 데 다른 의견이 없이 만장일치로 통과되었다.

"손병희 선생이 아니었으면 이번 일이 이루어지기 어려웠을 겁니다."

"그렇습니다. 먼저 손병희 선생을 앞에 모신 다음 각 교단 대표를 차례로 쓰고 나머지는 가나다로 하면 어떻겠습니까?"

"좋은 의견입니다."

이렇게 해서 독립선언서에 이름을 올리는 문제가 원만하게 해결되었다.

1순위 천도교 손병희 2순위 길선주(장로교) 3순위 이필주 (감리교) 4순위 백용성(불교)로 쓰고 나머지 29인은 가나다로 순서가 정해졌다.

2월 27일 오후에 독립선언서의 원고가 보성사 인쇄소의 이종일 사장에게 비밀스럽게 넘겨졌다. 이종일 사장은 그게 얼마나 중요한 기밀문서인지를 누구보다 잘 알고 있었다.

"자 오늘도 수고했어요. 모두 퇴근 하시오."

"수고 하셨습니다."

직원들이 인사하며 문을 나섰다.

"공장장님은 퇴근 안 하셔요?"

"어? 곧 하지. 먼저 가. 난 들릴 데가 있어서."

공장 감독 김홍규(金弘奎)는 남은 일을 마저 해놓고 나갈 사람처럼 머뭇거렸다. 퇴근하고 싶어도 나갈 수 없다는 듯이.

김홍규는 사장이 가장 믿는 사람이었다. 또 한 사람, 인쇄소에서 잔심부름하는 사동5이 남았다.

인쇄소 안의 모든 불이 밖으로 나가지 못하도록 창을 다

---

5 사동(使童): 관청이나 회사, 학교, 영업처 등의 사무실에서 잔심부름하는 아이.

가린 다음에도 최소한의 불만 남기고 모두 껐다.

공장장이 고개를 끄덕였고 이종일 사장도 고개를 끄덕였다. 곧 독립선언서를 인쇄하기 위한 일을 시작했다. 밤이 점점 깊어 가고 있었다.

그런데 보성 인쇄소에서 독립선언서를 인쇄하는 그 시간에 형사 한 명이 그 근처를 지나고 가고 있었다. 신승희. 종로경찰서 고등계6 소속의 신승희였다. 그는 조선인이면서 일본인 형사보다 더 악랄하고 음흉하기가 둘째가라면 서러워할 악명 높은 사람이었다. 일본의 앞잡이 노릇을 하면서도 늘 한복을 입고 다녀서 더 얄밉게 보이는 인물이기도 했다. 일본인보다 더 형사 일을 잘하는 그는 일본인의 신임을 받아 국내는 물론이고 중국, 일본까지 누비고 다니는 민완7 형사였다.

그는 그날 보성고등보통학교 근처를 순시하고 있었다. 어두운 밤이었다. 보성고등보통학교 뒤쪽 골목을 지날 때였다. 그는 문득 멈추고 가만히 귀를 기울였다.

---

6 고등계(高等係): 일제 강점기, 일본이 한국인의 독립운동 및 정치적, 사상적, 문화적 움직임을 감시하고 탄압할 목적으로 둔 경찰의 한 부서를 이르던 말.
7 민완(敏腕): 재빠른 팔이라는 뜻으로, 일을 재치 있고 빠르게 처리하는 솜씨를 이르는 말.

'이게 무슨 소리지?'

주위를 둘러보았다. 어디에서도 불은 보이지 않았다. 캄캄한 어둠 속에서 분명 무슨 소리가 나고 있었다. 그는 눈을 감고 귀를 바짝 세웠다.

'기계 소리?'

고등계 민완 형사 신승희의 머리는 재빨리 돌아갔다.

'이 밤중에 어둠 속에서 인쇄기가 돌아가고 있다….'

그는 먹잇감을 채려고 준비된 맹수처럼 소리를 찾아 잰걸음을 옮겼다.

'여기군. 보성인쇄소. 골칫거리 손병희가 운영하는 인쇄소렷다. 이 밤중에, 어둠 속에서….'

그의 눈이 어둠 속에서 번득였다.

탕탕탕! 인쇄소 바깥문을 누가 두드리는 소리가 났다. 독립선언서를 인쇄하던 사람들은 동시에 서로를 보며 동작을 멈추었다.

"빨리 치워! 저 상자 안으로! 빨리!"

다시 문 두드리는 소리와 고함 소리가 이어졌다.

"문 열어! 빨리 문 열어!"

아직 인쇄하던 것을 다 치우지 못했는데 고함 소리는 더 커지고 있었다.

문을 열 수밖에 없었다. 눈앞에 나타난 것은 한복을 입은 신승희. 독립선언서를 인쇄하던 세 사람은 공포에 질린 눈으로 신승희를 보았다.

"뭘 인쇄하고 있었소?"

눈치 빠른 신승희는 인쇄소 안에서 무슨 일이 있었는지 단번에 알아보았다.

이종일 사장은, 날카롭게 눈을 빛내는 신승희의 손을 덥석 잡았다.

"오늘 밤만 모른 척해 주세요. 날이 새면 모든 게 드러날 것입니다. 제발 오늘 밤만 모른 척해주세요. 우리나라를 위한 일 아닙니까? 제발 오늘 밤만…."

이종일 사장은 눈앞이 캄캄해 옴을 느꼈다. 신승희는 입을 다물고 인쇄소 안을 둘러보았다.

이종일 사장은, 빙긋이 웃으며 독립선언서를 들여다보는 신승희를 보며 어떻게든 이 자의 입을 막아야 한다고 생각했다.

'돈을 주고 이 자의 입을 막는 수밖에 없어.'

이종일 사장은 입술을 깨물고 나서 신승희 옷자락을 잡았다.

"제발 봐주세요. 나는 죽어도 이 일을 멈출 수 없습니다. 우리 의암 선생에게 같이 가십시다."

이종일 사장은 손병희라면 이 일을 막아 줄 것 같았다. 지혜롭게 해결해 줄 것 같았다.

신승희는 말이 없더니

"나는 여기 있겠소. 혼자 다녀오시오."

"같이 가시지요."

"혼자 다녀와요. 나는 여기 있겠소."

신승희의 목소리가 문을 두드릴 때와는 다르게 누그러진 것 같았다.

독사 같은 고등계 형사에게 인쇄소를 맡기고 가는 게 꺼림칙했지만 이종일 사장은 한달음에 손병희의 집으로 달려가 인쇄소에 닥친 일을 전했다. 듣기만 하던 손병희는 말없이 안방으로 가더니 종이 꾸러미를 가지고 나왔다.

"빨리 가서 신승희에게 주시오. 일이 무사히 끝나기를 빌겠소."

이종일 사장은 그게 무엇이지도 확실히 모른 채 바람처럼 달렸다.

"저 이거, 의암 선생께서 전하라고 해서 가져왔습니다."

신승희는 그것을 받더니 몸을 돌려 출입문 쪽으로 걸어갔다. 나가기 전에 그가 조용히 말했다.

"오늘 일 누구에게도 말하면 안 되오. 알겠소?"

"예예 그럼요."

손병희가 이종일 사장에게 준 종이 꾸러미는 거금 5천 원이었다. 손병희는 혹시나 이런 일이 생길 걸 예상하고 만반의 준비를 하고 있었던 것이다. 능구렁이 같은 신승희는 단번에 그게 무엇이며 왜 주는지를 알고 말없이 사라진 것이다.

다시 기운을 차린 세 사람은 문을 닫고 인쇄 일을 시작하였다. 차가운 밤 11시. 2만 1천 장의 독립선언서의 인쇄가 끝났다.

"어서 달구지에 실어."

독립선언서를 실은 달구지는 천천히 경운동으로 향했다. 이종일 사장의 숙소인 천도교 신축 교당으로 향하는 것이다.

"안국동 파출소 앞입니다."

안국동 파출소 앞은 컴컴했다. 마침 정전이어서 눈앞의 사물만 겨우 구분할 정도였다.

달구지 소리를 들었는지 순사가 나왔다.

"이 밤중에 그게 뭐요?"

"아이구 수고하십니다. 족보입니다. 내일 쓴다 해서 밤까지 일하고 배달 가는 겁니다."

이종일 사장은 능청스럽게 둘러대었다.

무사통과. 재동파출소까지 왔을 때도 정전은 계속되었다. 역시 족보라 속이고 무사통과했다.

이종일 사장은 교당 창고에 선언문을 보관한 후 손병희에게 달려가 보고했다.

기미년 3·1 독립선언서가 발표되기까지 천도교의 고심과 준비는 이미 1911년부터 준비하고 있었음을 독립선언서를 비밀에 인쇄한 이종일의 『묵암 비망록』 등에 비교적 자세히 정리되어 있다.

이종일은 제국신문사 사장, 보성학교 교장, 황성신문사 논설위원으로 활동한 사람으로 손병희의 권유로 천도교에 들어갔고 천도교가 운영하는 인쇄소 사장으로 근무하며 보성사 직원을 중심으로 비밀조직을 결성했고 천도구국단을 조직하며 독립운동에 더욱 박차를 가하고 시작한다. '천도'라는 명칭에서 알 수 있듯이 천도구국단은 천도교를 중심으로 조직된 단체로 특히 보성사 비밀조직이 주축이 된 모임이다.

천도구국단은 독립운동을 위한 민중봉기를 꾸준히 손병희에게 건의하였으며 비밀리에 무기를 수집하고 독립자금

을 모아 국내외의 독립운동단체에 전달하기도 하는 등 3 ·
1운동의 기원은 천도구국단의 활동에서 비롯되었다. 천도
구국단의 명예총재가 손병희였고 단장이 이종일이었다. 그
만큼 손병희는 이종일을 신뢰했다. 독립선언서 비밀 인쇄
를 그에게 맡길 만큼 손병희의 든든한 오른팔이었다.

비밀리에 인쇄된 독립선언서는 서울만이 아니라 평양,
의주, 원산, 임실, 화순, 청주 등 지방으로도 철도편을 통해
비밀리에 보내졌다. 민족 대표로 서명한 인사들이 근거지
로 보내진 것이다. 서울의 독립선언 운동은 각 지방과도 연
계하며 치밀하게 진행되었다.

11. 기미년 3월 1일

거사 하루 전엔 1919년 2월 28일. 손병희는 천도교 3대 교조의 자리를 박인호에게 넘겼다. 그가 얼마나 3·1 독립운동에 공을 힘을 기울였는지는 이 대목만 봐도 알 수 있다. 죽음을 각오하고 3·1 독립운동에 힘을 쏟기 위해 천도교의 모든 것을 박인호에게 맡겨 천도교의 맥을 끊어지지 않도록 배려한 것이다.

1919년 2월 28일 밤. 33인 민족 대표 중에서 서울에 있던 23명이 가희동 손병희 집에 비밀스럽게 모였다. 코앞에 다가온 거사에 대한 최종 점검을 위한 모임이었다.

"우리가 내일 탑골 공원에서 모이기로 한 게 아무래도 마음에 걸립니다. 우리 측 비밀 요원들이 독립운동 인쇄물을 뿌리면 학생이며 일반 시민들이 많이 모일 텐데 그러면 일본 경찰이 가만있겠습니까? 군중심리가 폭발하면 어떤 결과가 나올지 예측할 수 없어요."

"우리 모임은 어디까지나 비폭력 평화적인 모임으로 나

가자 했는데 경찰이 강제로 해산시키려 할 것이고 고성이
오가고 몸싸움이 일어날 수 있어요. 잡혀가더라도 우리가
잡혀가야지 학생이나 시민이 잡혀가선 안 됩니다."

"그렇습니다. 온갖 억지를 다 붙여 끌고 갈 것입니다."

여러 이야기 끝에 처음 모이기로 했던 탑골 공원 대신 음
식점인 명월관 지점 태화관으로 정해졌다.

당시의 기록들은 거사 일에 대한 논의도 처음부터 3월 1
일이 아니었음을 말해주고 있다. 다시 비밀 모임의 이야기
에 귀 기울여 보자.

"당초 3월 3일 국장일1에 하기로 했는데 아무래도… 다
시 생각해 봅시다. 고종 황제의 마지막 가는 날인데 우리가
소란스럽게 해서야…."

"그렇습니다. 그건 황제에 대한 예의가 아니지요."

"3월 2일이 어때요. 마침 공일2 아닙니까."

"2일은 주일이어서 곤란합니다. 다른 날로 정해 주세요."

---

1 국장일(國葬日): 나라에 큰 공이 있는 사람이 죽어 나라가 주관하여 장례를 지내
  는 날.
2 공일(空日): 일을 하지 않고 쉬는 날이라는 뜻으로, '일요일'을 이르는 말.

기독교 측 인사들이 주일은 곤란하다 했다. 그렇게 해서 정해진 게 3월 1일이었다.

기미년(1919년) 3월 1일 선언문에는 모두 33인의 대표의 이름이 들어가 있다. 기독교 측 16명, 천도교 측 15명, 불교 2명이다. 더 많은 사람이 원했고 그럴 수도 있었으나 거사 후에 감옥에 갈지도 모르기 때문에 뒷일을 수습하고 남은 가족을 돌보아 줄 사람이 필요했다. 손병희의 뒤를 이어 천도교 대도주가 된 박인호도 거사 후의 일을 도맡기로 하고 명단에는 빠졌다. 일본에서 어떻게 나올지 뻔하기 때문이었다.

기미년(己未年)인 1919년 3월 1일. 날이 새기도 전에 손병희는 자리에서 일어났다. 그는 청수3를 떠다 놓고 두 손을 모았다.

'감사합니다. 나라를 빼앗긴지 어느덧 9년… 이제 우리 힘으로 독립선언서를 만들고 오늘 집회를 엽니다. 2달 동

---

3 청수(淸水): 맑고 깨끗한 물. 종교적 의식을 할 때 떠 놓는 맑은 물.

안 은밀히 추진하였지만 하루하루가 좌불안석이었습니다. 지금 여기까지 왔지만 일본에 밀고 할 사람들은 얼마든지 있습니다.'

이완용과 종로경찰서 신승희의 얼굴이 스쳐 갔다. 두 사람 말고도 민족 대표로 올리길 거절한 사람들의 얼굴도 하나하나 스쳐 지나갔다. 그들도 독립선언 추진 내용을 알고 있으니 얼마든지 밀고 할 수 있는 일이었다.

"… 그럼에도 불구하고 여기까지 왔습니다. 모두 한울님의 은혜입니다. 오세창, 권동진, 최린, 이종일 같은 우리 교도들의 도움이 큰 힘이 되어 주었습니다. 얼마나 고마운지 모릅니다. 기독교와 불교계 인사들의 마음이 변하지 않기를… 오늘 새벽에 젊은 학생들이 독립선언서를 서울 곳곳에 뿌렸을 겁니다. 고마운 일이지요. 젊은 학생들이 큰 힘으로 돕고 있습니다. 그리고… 오늘 탑골 공원에 모여들 학생과 시민들이 다치지 않기를 간절히 빕니다. 피 끓는 젊은이들이 희생되지 않도록, 오늘 거사가 아무 사고 없이 잘 마무리될 수 도와주십시오. 그리하여 오늘의 거사가 우리 국민들에게 희망을 주는 거사가 되게 해 주십시오…."

정성스런 기도가 끝났을 때 동쪽 하늘이 밝아지고 있었다.

아침 식사도 여느 아침처럼 조용히 끝났다. 식사를 끝냈을 때 권동진, 오세창이 집으로 들어섰다. 그들은 고개만 숙여 인사했을 뿐 입을 열지는 않았다. 독립운동에 목숨을 내놓은 그들이었다. 잠시 후 최린이 들어섰다.

"새벽에 우리 집 대문 앞에 뿌려졌던 독립선언서입니다."

최린은 독립선언서 2장을 내놓았다. 그건 비밀 요원들이 뿌린 독립선언서로 이미 오늘이 거사 일임을 공개한 거나 마찬가지였다.

"이미 일본 경찰에도 정보가 들어갔을 겁니다."

"여기 있다가는 여기서 잡혀갈지 모릅니다."

"그래요. 어서 태화관으로 갑시다. 탑골 공원에서 모이는 줄 알지 아직 태화관은 모를 겁니다."

손병희는 세 사람과 함께 인사동 태화관으로 향했다.

오후 2시. 태화관에서 민족 대표 29명은 얼굴을 맞대고 앉았다. 독립선언서에 기록된 대표는 33인지만 지방에 있는 길선주·유여대·정춘수는 서울에 늦게 도착하는 바람에 태화관 모임에는 함께 하지 못했다. 김병조는 중국에 가 있어서 참가하지 못했고 33인이 아닌 함태영이 자리를 같이했다.

29명의 얼굴은 긴장되어 있었다. 어느 누구도 쉽게 입을 열지 못했다. 그런데 이게 무슨 소리인가. 밖이 시끄러웠다.

"만나게 해 주세요. 만나야 합니다."

하는 소리가 유독 크게 들렸다.

"제가 나가 보겠습니다."

권동진과 최린이 방문을 열고 나갔다.

보성전문학교 대표 강기덕을 비롯한 학생 대표 세 명이 상기된 얼굴로 서 있었다.

"지금 탑골 공원에는 수천 명의 학생들이 여러분이 나타나기만을 기다리고 있습니다. 탑골 공원에서 모이기로 해 놓고 여기 있으면 어떻게 합니까?"

"지금 당장 나오십시오. 저희와 함께 가시지요."

학생들은 흥분된 어조로 말했다.

"내 말 들어봐요."

최린은 조용히 입을 열었다.

"갑자기 장소를 변경한 것은 여러분을 보호하기 위해서입니다. 자칫하다가는 일본의 교활한 꾀에 빠질 수 있어요."

최린은 조용조용 그러나 설득력 있게 그럴 수밖에 없었던 이유를 설명했다. 결국 학생들은 학생들대로 탑골 공원에서 독립선언서를 낭독하기로 했다.

학생들이 돌아간 뒤 29명은 다시 숙연한 얼굴로 마주 보았다.

민족 대표들은 이종일이 인쇄해온 독립선언서를 묵묵히 읽었다. 독립선언서는 모두 읽었기 때문에 낭독은 생략하고 한용운이 일어서서 독립선언의 의의에 대해 이야기한 뒤 두 팔을 힘차게 들어 올리며 '대한독립 만세!'를 외쳤다. 앉아 있던 사람들이 모두 일어섰다.

"대한 독립 만세! 대한 독립 만세! 대한 독립 만세!"

그 소리가 얼마나 우렁찼던지 밖에 있던 주인이 달려왔다.

"선생님들 여기서 이러면 어쩝니까? 저는 끌려가 죽습니다."

주인은 파랗게 질린 얼굴로 방안을 둘러보았다.

"걱정 마시게. 자넨 죽지 않아."

"다른 방에서도 다 들었는데 어떻게 제가 무사하겠습니까?"

"순사가 들이닥치기 전에 빨리 총독부에 전화하시오. 그러면 주인은 무사할 거요."

주인이 전화하려고 갈 때 '대한독립 만세!'의 우렁찬 소리가 밖에서도 들려왔다. 거대한 함성, 탑골 공원에서 들려온 함성이었다.

곧 일본 경찰이 달려왔다. 민족 대표는 태연하게 앉아 있었다,

민족 대표들은 세 사람씩 차에 태워져 태화관을 떠났다. 이미 이 소식이 탑골 공원으로 전해져 수많은 사람들이 잡혀가는 민족 대표를 보며 독립 만세를 외치고 모자를 벗어 흔들기도 했다.

"힘내세요!"

거리에는 태극기가 물결쳤다.

그날 오후 2시, 탑골 공원은 학생과 일반 시민들로 가득 찼다. 오랫동안 눈에서 사라졌던 태극기가 팔각정 단상에 자랑스럽게 걸려있었다.

민족 대표들이 나타나지 않자 정재용이 단상에 올라가 「독립선언서」를 낭독했다. 정재용, 그는 정신학교 졸업생이었다.

"대한독립 만세!"

정재용이 두 팔을 번쩍 올리며 소리치자 탑골 공원에 모인 4~5천 명이 모두 '대한독립 만세!'를 외쳤다. 그들은 독립 만세를 외치며 탑골 공원 밖으로 나왔다.

탑골 공원에서 나온 학생들은 둘로 나누어 만세를 부르며 시내를 돌았다. 시민들이 이 대열에 합류했다. 거대한 만세의 물결, 태극기의 물결이었다. 만세 소리가 종로를 지나 덕수궁을 향할 때 또 한 무리는 만세를 부르며 대한문 쪽으로 향했다. 대한문 광장, 고종 황제의 영전4에서 독립 만세를 외쳤다. 일본 경찰이 앞을 막아섰지만 사람들은 두려워하지 않았다.

"대한 독립 만세!"

"대한 독립 만세!"

서울 시내가 온통 태극기와 독립 만세 소리에 묻혔다. 이 거대한 외침은 큰물처럼 불처럼 전국 방방곡곡으로 흘러갔고 번져나갔다.

서울 시내 시장이나 상점들이 모두 문을 열지 않았다. 시위 군중은 점점 수를 더해갔다. 고종 황제의 장례식에 참석하기 위해 올라온 전국 여러 곳의 사람들도 대거 합류했다.

만세 소리와 태극기의 행렬에 넋을 놓고 바라보던 일본 경찰은 크게 당황하여 어찌할 바를 몰랐다. '대한독립 만세'만이 아니라 '일본은 일본으로!' 하는 함성도 터져 나왔다. 일본 경찰과 헌병이 칼을 휘두르며 위협했지만 사람들

---

4 영전(靈前): 죽은 이의 영혼을 모셔 놓은 자리의 앞.

은 조금도 겁내지 않고 독립 만세를 외쳤다. 이 평화적 시위는 늦은 밤까지 이어지다가 스스로 흩어졌다.

이튿날 일본 경찰은 무자비하게 나왔다. 대대적인 체포령이 떨어진 것이다.

그러나 잡혀가고 끌려가도 독립 만세의 외침은 수그러들지 않았다. 전국적으로 더 퍼져나갔다. 그 메아리는 바다를 건너 섬까지 이어졌고 해외로도 퍼져 나갔다. 종이에 인쇄되어 전국으로 퍼져 나간 「독립선언서」는 잠자던 우리 민족정신을 흔들어 깨우는 데 큰 역할을 했다.

일본 경찰에 끌려간 민족 대표들은 바로 남산 경무총감부에 갇혔다. 지방에서 상경하느라 늦게 도착한 길선주·유여대·정춘수도 스스로 경찰에 출두하여 이미 구금된 대표와 함께 고난에 참여했다.

한 사람씩 불려 가 가혹한 취조가 시작되었지만 그들은 의연하게 견디어 내었다. 조금도 굽히지 않았고 비굴하지 않고 당당하게 일본 경찰에 맞섰다.

"서명한 사람만이 아니라 계획과 조직에 가담하거나 연락한 인물들까지 모두 다 잡아들이시오! 한 사람도 빠짐없이 모두!"

악에 받친 일본 경찰은 다시 관련자 구속에 혈안이 되었다. 천도교 4대 교주 박인호, 그날 태화관으로 달려갔던 강기덕 같은 인물들도 가차 없이 끌려갔다. 주동자로 취조를 받은 사람은 늘고 늘어 48명이 되었다. '민족 대표 48인'이란 말은 이래서 나온 것이다.

민족 대표들은 서대문 감옥에 수감되었다. 내란죄란 죄명으로 독방에 갇힌 독립지사들은 아침저녁 두 차례 있는 점검 시간에도 무릎을 꿇는 관행을 무시하고 떳떳하게 간수들을 대했다. 민족 대표들이 수감된 감옥에는 일본인 간수들뿐이었다.

가혹한 취조와 돌이 많이 섞인 콩밥으로 위장병이 있는 손병희의 건강은 나날이 나빠졌다. 천도교 측 민족 대표였던 양한묵이 수감 두 달 만에 옥에서 숨을 거둔 것만 봐도 얼마나 힘든 생활을 했는지 짐작할 수 있다.

일제의 가혹행위는 세계적으로도 유명하다. 더구나 독립운동으로 투옥된 독립지사에겐 더 혹독했다. 인간 이하의 취급을 받으면서도 손병희는 꿋꿋이 견디어 내었다. 재판이 있는 날도 일어날 수가 없어 침대에 누워 재판을 받는 등 보통 사람이면 견디기 어려운 일을 손병희는 견디어 내었다. 수감된 사람이 병을 앓으면 의사의 진료를 받고 병든

죄수를 따로 관리하는 병감(病監)으로 옮기는 게 감옥의 규칙이었지만 독립운동을 하다 수감된 애국지사들에겐 그런 최소한의 배려도 베풀지 않았다. 사망 바로 전에야 겨우 병보석5으로 풀어 주었다. 독립운동가를 감옥에서 죽게 했다가 민심이 폭발하는 것을 미리 막기 위해서였다.

손병희가 병보석으로 풀려났다는 것은 그만큼 그의 건강이 안 좋았기 때문이다. 뇌일혈로 쓰러져 정신을 잃었을 때야 병감으로 옮겨갔고 병보석으로 석방되었다.

서대문 형무소에 갇힌 지 19개월 20일 만에 서대문 형무소를 벗어났지만 손병희는 다른 사람을 알아보지 못할 정도로 중태였다. 그의 소식을 들은 많은 환영인파에게 손 한 번 흔들어주지 못한 채 상춘원6으로 돌아왔다.

가족들과 교인들의 정성스런 간호로 손병희의 몸은 조금씩 회복되었다. 1921년 4월 8일에는 환갑을 맞은 손병희를 축하하기 위해 많은 교인이 전국 곳곳에서 모여들었다.

---

5 병보석(病保釋): 구치소에 갇힌 사람이 병이 날 경우에 석방하는 것.
6 상춘원(常春園): 서울특별시 종로구 숭인동 72에 있었던 집. 박영효의 별장이나 천도교가 사들여 손병희가 거주하였다. 현재는 철거되어 없다.

"이제 많이 좋아 보이지요?"

"이렇게 계속 좋아져서 예전처럼 활달하게 활동하셨으면 좋겠어요."

"간단한 보고도 받고 지시도 내리긴 한답니다."

"아이고 한울님! 이렇게 고마울 데가!"

환갑축하식이 끝난 어느 날이었다. 그날 누워있는 그에게 문병을 온 사람이 공손히 물었다.

"선생님 요즘 좀 어떠십니까? 차도가 좀 있으신지요?"

그 말을 들은 손병희가 벌떡 일어나 앉았다.

"나는 아무렇지 않아요. 아무 병도 없소이다. 병이 있다면 독립병이 있을 따름이지요. 지금이라도 독립이 되기만 하면 내 병은 씻은 듯이 나을 거요."

투병 중에도 그의 소원은 오직 독립이었다.

호전되는 듯하던 그의 병세는 5월이 되면서 다시 악화되었다.

"호흡도 그렇고 맥박까지도 불규칙합니다."

그의 주치의가 침통한 얼굴로 말했다.

혼수상태에 빠져있던 5월 19일, 손병희는 눈을 뜨고 간병인들과 대도주 박인호를 보았다. 춘암 박인호를 보는 그의 눈이 환해진 듯했다.

"춘암, 나를 좀 일으켜 주게나. 보여줄 게 있어."

박인호가 손병희를 일으켜 앉혔다.

"내 어깨를 손으로 만져 보게나. 어떻소?"

"다른 사람에 비해 좀 두드러진 것 같습니다."

"그래요, 춘암 자네도 알다시피 나는 20년 가까이 해월 선사님을 모시면서 가마 앞채를 나 혼자 메었다오. 나라고 왜 힘이 들지 않았겠소? 그러나 나는 꾹 참고 힘들다 한 적이 한 번도 없었소. 그게 굳은살이 된 것이오. 아직도 그 굳은살이 풀리지 않았을 것이오."

해월 선사를 떠올리는 그의 얼굴이 평온해 보이기까지 했다. 그는 다시 천천히 입을 열었다.

"…고맙소. 모두 수고하셨소이다. 이제 갈 시간이 얼마 남지 않은 듯합니다…. 우리 천도교에서는 오심즉여심7이오… 뒷…, 뒷일은… 청…, 청년들에게 부탁하오…."

뒷일은 청년들에게 부탁하오…. 이게 그가 남긴 마지막 말이 되고 말았다. 그는 마지막 숨을 거두면서도 몸으로 뭔가를 보여 주려 했었다.

---

7 오심즉여심(吾心卽汝心): 천도교에서, 내 마음이 곧 네 마음이라는 뜻으로, 한울님과의 대화에서 한울님의 마음과 인간의 마음이 근본에서 서로 같음을 이르는 말.

손병희를 하늘로 데려간 어둠이 걷히고 날이 밝자 의암 손병희의 서거8를 알리는 신문 호외가 서울 장안에 뿌려졌다.

6월 5일 아침 6시. 상춘원에서 출발한 영구9가 영결식장인 중앙대교구당으로 향했다. 수많은 인파가 의암의 마지막 가는 길을 보기 위해 길을 메웠고 하늘은 사람들의 마음처럼 잔뜩 흐려 낮게 내려앉아 있었다.

영결식을 마친 오전 7시 50분. 마침내 긴 장례 행렬은 장지인 우이동으로 향했다. 하관식이 끝난 오후 5시, 낮게 내려와 장례 절차의 모든 걸 내려다보던 하늘이 끝내 비를 뿌렸다. 의암 손병희의 죽음을 애도하는 비였다.

---

8 서거(逝去): 죽어서 세상을 떠남.
9 영구(靈柩): 시체를 담아 넣는 관.

소설 손병희 해설

손병희(孫秉熙)는 1861년 4월 8일 충북 청원군 북이면 대주리에서 태어났다. 청주목(牧)의 하급 관리였던 손두흥(孫斗興)과 그의 둘째 부인 경주 최씨 사이의 서자 출신이다. 정실이라 하는 첫째 부인에게서 태어난 적자만이 인정받는 시대라 아버지를 아버지라 부르지 못하는 불우한 어린 시절을 보냈다. 빼어난 외모와 남자다운 호방한 성격이었기에 차별 대우를 받는 삶은 그를 망나니처럼 살게 했다. 망나니처럼 살았지만 타고난 천성, 약하고 불우한 사람을 도우려는 마음과 불의에 굴하지 않은 마음만은 변하지 않았다.

22세 때인 1882년 그는 큰 조카인 큰조카인 손천민(孫天民)과 서우순의 안내로 동학에 입도한다. 서자 차별에 진저리를 내고 있던 손병희에게 평등사상을 내세운 동학은 그가 꿈꾸던 새로운 세계였다. 하루아침에 술과 도박을 끊었고, 입도 2년인 1884년, 그는 제2세 교주 해월 최시형(崔時亨)을 찾아간다. 동학에 대해 더 깊이 연구하기 위해

서였다. 해월은 손병희의 사람됨을 한눈에 알아봤고 손병희는 그를 스승으로 모시며 동학에 깊이 빠져든다. 그 시대에 차별받으며 산 사람들은 손병희만이 아니었다. 반상이 구별되는 계급 사회에서 사람 취급을 받지 못한 일반 백성에게도 동학은 희망이었다. 동학 바람은 전국으로 퍼져 나간다.

1893년 3월 중순, 동학교인 2만여 명은 충북 보은에 집결하여 '보국안민'과 '척왜척양(斥倭斥洋)'을 내세우며 동학의 색깔을 분명히 내세운 집회를 열었다. 이 집회에서 손병희는 충의대접주(忠義大接主)'가 되어 동학지도자로 떠오른다.

다시 한 해가 지난 1894년 2월 10일, 전라도 정읍땅 고부에서 전봉준이 봉기하였다. 동학혁명의 불꽃을 당긴 것이다. 전봉준의 농민군이 황토현에서 관군을 물리친 다음 전주성을 점령하며 큰 승리를 거둘 때도 해월과 손병희의 동학 북접(北接)은 전봉준을 지원하지 않았다. 해월이 중심이 된 동학 북접은 농민전쟁을 원하지 않았기 때문에 전봉준의 투쟁에 대해 비판적이어서 징계해야 한다는 소리까지 나왔다.

그러나 일본군이 불법 개입하면서 상황이 바뀌었다. 관

군과 일본군이 남접, 북접 할 것 없이 동학농민군을 무차별 공격하자 해월은 두령들에게 동원령을 내렸고 손병희는 중군 통령(統領)에 임명돼 북접 소속의 10만 농민군을 지휘하게 되었고 논산에서 전봉준의 남접과 만나 연합하기에 이른다. 그러나 신식무기로 무장한 일본군을 상대하기는 쉬운 일이 아니었다. 수적으로는 우세한 동학농민군이었지만 공주 우금치 전투에서 크게 패한 후 계속 쫓기는 신세가 되고 동학농민군은 해산할 수밖에 없었다. 전봉준, 손화중 등 주도 세력이 체포되어 처형되면서 동학혁명은 막을 내리지만 일본군과 관군의 동학농민군 색출작업은 끈질기게 이어진다.

해월과 손병희의 도피생활도 내일을 장담할 수 없을 정도로 일본군과 관군의 포위망은 점점 좁혀지고 있었다. 해월은 서둘러 후계자를 지명할 수밖에 없었다. 손병희·김연국·손천민 등 북접의 수제자이면서 대표적 지도자인 세 사람을 앞혀놓고 손병희를 북접 대도주(大道主)에 임명한다. 손병희는 입도한 지 15년. 37세 때, 동학의 3세 교주로 우뚝 선 것이다.

손병희는 관군에 쫓기면서도 일본에 빼앗긴 나라를 찾고, 동학을 널리 퍼뜨리면 문명국처럼 개화해야 한다고 생각했고 미국으로 건너가 선진문물을 접하려 했다. 그러나 경비 등의 문제로 미국행이 좌절되자 일본에 머물게 된다.

동학혁명으로 일본과 맞섰던 동학 지도자 손병희를 일본은 여전히 찾고 있었다. 그러기에 손병희는 일본에서 이상헌(李祥憲)이란 가명으로 충청도의 엄청난 부자 행세를 하며 자신을 위장하는 데 성공한다.

망명 아닌 망명 생활을 하며 그는 훗날 3·1 만세 운동을 일으키는 데 큰 역할을 하게 될 동지들을 만나는데 권동진(權東鎭), 오세창(吳世昌) 같은 인사들이다.

1904년 러일 전쟁이 터지자 손병희는 일본이 승리할 것으로 예상하고 일본군에 군자금 1만 원을 기증하는데 일본군이 승리하면 그 힘을 빌려 우리나라의 모든 것을 바꾸어 나갈 생각이었다. 일본의 승리에도 불구하고 그의 뜻대로 정세는 돌아가지 않았다, 도리어 이 일로 그는 친일파란 멍에를 지게 된다.

1904년 4월, 그는 이종훈(李鍾勳) 등 동학 지도자 40여 명을 일본으로 불러 새로운 조직을 만드는데 대동회로 불렀던 진보회(進步會)이다. 진보회의 활동은 순탄하지 않았다. 손병희의 제자인 진보회 회장 이용구(李容九)가 친일 단체 일진회의 송병준과 손을 잡으며 동학은 순식간에 친일 매국 단체가 되어 국민들의 지탄을 받게 된다.

손병희는 1905년 12월 1일 자로 동학을 천도교로 이름을 바꾸며 새출발한다. 일본이 눈엣가시처럼 여기는 동학이지만 종교 단체를 표방한 천도교를 어떻게 하지 못했다. 1906년 1월 5일 급히 귀국한 손병희는 그해 9월, 이용구 등 62명의 일진회 무리를 출교(黜敎) 처분하며 천도교는 새로운 모습을 갖추게 된다.

이용구 무리가 이미 재단의 재산을 대부분 빼돌렸고 많은 신도까지 끌고 나갔기 때문에 천도교가 겪는 어려움은 한두 가지가 아니었지만 손병희는 성미제(誠米制)를 도입하여 어려웠던 천도교 재정을 든든하게 키워낸다.

탄탄해진 재정을 바탕으로 1906년 2월 27일 박문사(博文社)라는 출판사를 세우고 천도교 기관지로 〈만세보(萬歲報)〉를 창간한다. 만세보는 친일 단체인 일진회를 신랄하게 비판하며 민족정신을 드높이는 데 크게 기여했으나 운영난으로 창간 1년 만에 문을 닫는다.

손병희가 출판과 함께 관심을 기울인 분야는 교육이었다. 일본에 머물며 천도교인의 자제 64명을 일본에 유학시켜 일본의 선진문물을 배우도록 했던 손병희는 나라를 지킬 힘은 교육에서 나온다고 믿었다.

1905년 보성전문학교(현 고려대학교)를 창설하여 운영하던 이용익이 1907년 러시아 상트페테르부르크에서 갑자기 세상을 떠나자, 보성전문학교는 경영난에 봉착했다. 1910년 손병희는 보성전문학교를 인수하여 경영했다. 1910년 여자 교육기관인 동덕여학교(현 동덕여자대학교)가 심한 경영난에 빠진 것을 알고 매월 10원씩 보조금을 지급했고 보창학교, 양명학교, 창동학교 등 20여 개의 사립학교에도 매달 일정액을 지원하며 후세교육에 많은 힘을 쏟았다. 교육의 힘으로 잃은 나라를 되찾으려 했던 손병희의 마음을 엿볼 수 있는 대목이다.

1919년 1월 손병희는 권동진·오세창·최린을 만나며 본격적인 독립운동을 논의하기 시작한다. 종교지도들과 학생과의 연대가 물밑 작업을 통해 본격적으로 이루어진다.

3·1운동이 이루어진 과정에서 천도교의 공로, 특히 손병희의 영도적인 지도력을 빼놓을 수 없다. 그는 독립선언서의 민족 대표들인 종교인들을 이끌고 자금을 지원하는 등 큰 역할을 했다.

거사 하루 전날인 2월 28일. 손병희 집에서 최종 점검모임이 열렸다. 이 자리에서 행사 장소를 당초의 탑골 공원에서 태화관으로 변경하였다. 독립선언식에 참석한 학생과 시민들이 일경과 충돌하여 불상사가 생길 것을 우려했기 때문이었다.

우리가 보통 탑골 공원·독립선언서·민족 대표 33인을 하나로 떠올리지만 민족 대표들은 탑골 공원이 아닌 태화관에서 모였다. 한용운의 인사말과 29인의 민족 대표가 독립 만세를 삼창을 외친 후 경무총감부로 자진 연행되었다.

탑골 공원에서 민족 대표를 기다렸던 학생들은 민족 대표가 장소를 바꾸고 나타나지 않자 자연발생적으로 정재용이 팔각정에 올라가 독립선언서를 낭독하고 만세삼창을 한 후 거리로 나간 것이다

이를 두고 손병희를 비난하는 학자들도 있지만, 독립선언서를 비밀리에 인쇄해서 전국적으로 배포한 덕분에 3월 1일 전국 각지에서 독립서가 낭독되고 그 불길이 계속 전국적으로 퍼져나간 것이다. 손병희의 업적이라 하지 않을 수 없을 것이다.

경무총감부로 연행된 손병희는 측근 3인방 등 7명과 함께 최고형인 징역 3년을 선고받는다. 그러나 뇌일혈(뇌내출

혈)로 쓰러져 병감(病監)으로 옮겨졌고 1920년 10월 22일 그는 병보석으로 풀려났다. 상춘원에서 요양을 했지만 감옥에서 심해진 병을 끝내 극복하지 못하고 1922년 5월 19일 새벽 3시 62세로 생을 마감했다.

1962년 대한민국 정부는 건국훈장 대한민국장(1등급)을 추서했고 서거 44주년에는 탑골 공원에 동상이 건립되었다.

손병희 연보

1861년 4월 8일 충청북도 청원군 북이면 대주리에서
     손두흥의 아들로 태어남. 어린 시절 첫 이름
     은 응구.

1875년(15세) 12월 24일 현풍 곽씨와 결혼.

1882년 손천민과 서우순의 안내로 동학에 들어감.

1884년 제2대 교조 최시형(崔時亨)을 만나며 동학을
     이끌어갈 수제자가 되어 수도에 전념.

1894년 호서지방 중심의 동학, 북접(北接)의 통령(統領)
     에 임명되어 남접의 전봉준(全琫準)과 함께 동
     학농민혁명의 지도자로서 크게 활약하였으
     나 일본군의 개입으로 공주 우금치 전투에서
     크게 패하면서 강원도 태백산맥과 원산·강
     계 등지로 은신.

1895년 동학혁명 실패로 최시형을 모시고 피신.

1897년 최시형으로부터 도통을 이어받아 제3세 교
     조에 취임.

1898년	최시형, 교수형으로 서거.
1901년	이상헌이란 가명으로 일본으로 망명. 오세창, 권동진, 박영효 등 망명객들과 교류하며 구국의 길을 모색함.
1902년	일시 귀국하여 이광수 등 전도유망한 청년 64명을 뽑아 일본으로 유학 보냄.
1904년	동학교인들에게 진보회(進步會)를 결성하게 하고 갑진개화운동(甲辰開化運動)을 추진하도록 함.
1905년	12월 1일 동학을 천도교로 바꾸어 종교단체로 활동 시작.
1906년	1월 귀국. 천도교중앙총부 설립하고 천도교 기관지로 국한문 혼용의 일간 신문인 『만세보(萬歲報)』 창간.
1910년	보성학교(현 보성고등학교와 고려대학교) 인수. 전국적으로 운영이 어려운 학교를 지원하거나 인수함.
1919년	3월 1일 태화관에 모인 28인과 함께 독립선언식을 거행하였다. 선언식을 마친 후 일경에 연락하여 자진 체포됨.
1920년	10월 병보석으로 출감.

1922년　　　5월 19일 옥고의 후유증으로 순국.

1962년　　　정부에서 건국훈장 대한민국장 추서.

소설 손병희를 전후한 한국사 연표

1876년 한일 강화도조약(조일수호조규) 조인.

1882년 임오군인 폭동.

1884년 갑신정변.

1885년 영국 해군, 거문도 불법 점령.

1893년 동학교도 보은에 집결. 인천항 개항.

1894년 동학락농민전쟁 일어남. 청일전쟁 발발. 갑오개혁.

1895년 명성왕후 시해됨. 단발령 공포.

1896년 전국 각지에서 의병 일어남. 고종, 아관파천. 독
        립협회 설립.

1897년 대한제국 성립.

1898년 만민공동회 개최.

1899년 경인선 개통. 제주도 농민항쟁(방성칠 주도).

1900년 활빈당 활약.

1901년 제주도 농민항쟁(이재수 주도).

1902년 서울~인천 전화 개통. 신식 화폐 조례 발표.

1903년 YMCA 발족. 서울~개성 철도 착공.

1904년　러일전쟁 발발. 경부선 철도 완공.

1905년　미국과 일본, 가쓰라 태프트 밀약. 을사늑약 체결. 민영환 자결.

1906년　안중근, 이토히로부미 사살.

1907년　신민회 조직. 헤이그 특사 사건. 고종 황제 퇴위. 순종 즉위. 군대 해산.

1909년　안중근, 하얼빈에서 이토 히로부미 사살.

1910년　안중근, 여순감옥에서 순국. 한일병합 조약 체결. 국권 피탈.

1911년　9월 조선총독부, 105인사건과 신민회사건 조작.

1912년　토지조사 사업 시작(~1918년).

1914년　지세령을 공포. 대한 광복군 조직.

1916년　일본 육군대장 하세가와, 조선 총족에 임명됨.

1918년　이동휘 등, 한인사회당 조직.

1919년　고종 사망. 3·1운동 발발. 상해에서 대한민국임시정부 수립.

1920년　김좌진의 청산리전투 승리. 유관순 옥중에서 순국. 홍범도의 봉오동 전투.

1923년　관동 조선인 대학살. 암태도 소작쟁의(~1924년).

1924년　이동녕 임정 국무총리에 취임.

1925년   조선공산당 창립.

1926년   6·10만세운동.

1929년   원산 총파업. 광주학생 항일운동.

1930년   평양 고무노동자 총파업.

1931년   우가키, 신임 조선총독으로 부임.

1932년   이봉창 의거, 일본 도쿄 신주쿠 이치가야 형무소
　　　　에서 순국. 윤봉길 의거, 일본 이시카와현 카나
　　　　자와시 미츠코지야마 서북골짜기에서 순국.

1933년   항일 유격대, 함경북도 경원경찰서 습격.

1934년   조선총독부, '노동 농지령' 선포, 진단학회 조직.

1936년   재만한인 조선광복회 창립. 일장기 말살사건.

1937년   중일전쟁 시작. 보천보 전투.

1938년   조선총독부,학교 교육과정에서 한글 교육 금지.
　　　　국가 총동원법 시행, 지원병제 제정. 한글 교육
　　　　금지.

1940년   창씨 개병 실시. 한국 광복군 창설. 한국독립당
　　　　설립, 한글신문(동아일보 등) 폐간.

1941년   대한민국 임시정부, 건국 강령 발표 및 대일 선
　　　　전 포고.

1942년   조선어학회 사건 일어남. 조선 독립 동맹 조직.

1943년   카이로 선언 발표, 조선총독부, 조선에서 학도
        지원병제 제정. 실시.
1944년   조선총독부, 여자정신대근무령 공포, 시행.
1945년   8 · 15 해방. 여운형 주도의 조선인민공화국 수
        립선포. 건국준비위원회 발족. 미국과 소련, 군정
        실시. 신탁통치 반대운동 전국으로 확산.

참고 문헌

성주현, 『천도교에서 민족지도자의 길을 간 손병희』, 역사
　공간, 2012.

김삼웅, 『의암 손병희 평전』, 채륜, 2017.

이정범, 『왜 3·1운동이 일어났을까? 강기덕vs손병희』,
　(주)자음과 모음, 2012.

홍일식 외, 『고려대학의 사람들 ② 손병희』, 고려대학교 민
　족문화연구소, 1986.